ハヤカワ文庫 JA
〈JA1168〉

ジョン、全裸連盟へ行く

John & Sherlock Casebook 1

北原尚彦

早川書房
7423

The Stark Naked League

John & Sherlock Casebook 1

by

Naohiko Kitahara

2014

目次

ジョン、全裸連盟へ行く
John & Sherlock Casebook 1

How John Learned the Trick

ジョンの推理法修業

わたしはドクター・ジョン・H・ワトソン。軍医として従軍したアフガニスタンから帰還後、シャーロック・ホームズという男とベイカー街221Bの部屋で同居を始めることになった。

まるで関係のない人々が、全く同じ毒薬で自殺するという不可解な「連続自殺事件」はつい先日の出来事なので、まだ皆さんもよく覚えておられることだろう。あの事件を見事に解決したのが、シャーロック・ホームズだ。彼はコンサルティング探偵を自称しており、あの事件でも警察からの依頼を受けて調査を行なったのだ。

わたしも医師として、シャーロックとともにあの事件に携わることとなった。現在、シャーロックが真相解明に至った経緯を、文章にまとめているところだ。当初は「もっれた糸かせ」というタイトルを考えていたが、少し分かりにくいので改めるつもりだ。

　シャーロックのことは、少しずつどんな人間か判ってきた。一言で言えば、彼は「奇人」だ（警察関係者のひとりは「変人」と呼んでいる）。

　例えば、住居の中で様々な実験をする。中にはちょっと信じられないような類のものもある。冷蔵庫の中に人間の死体（の一部）が入っていることもしょっちゅうだ。我々が食べるためのものと一緒に入っているわけで、かなり嫌な感じだ。もう慣れたつもりでも、扉を開けた途端に干からびかけた人間の目玉がシャーレに載ってこちらを睨んでいたりすると、さすがにぎょっとする。

　またシャーロックは、すぐに人の行動や考えていることを見通してしまう。彼に対しては、何も隠し事ができない。先日も、警官相手にそれをやっていた。聞く分には面白いが、やられる方はたまったものではない。

　この間は、こんな出来事があった。シャーロックは階下のカフェで買ってきたサンドイッチの朝食を食べ終え、スタイロフォームのカップからコーヒー――砂糖ふたつ、ミルクなし――を飲みながらスマートフォンを操作していた。彼はそれまでずっと沈黙していたのだが、いきなり静寂を破った。

「ぼくなら自分の懐具合をよく考えて、止めておくよ、ジョン」

パソコンの画面を見つめて考えに耽《ふけ》っていたわたしは、一瞬何を言われたのか判らなかった。だがじわじわとその言葉の意味を理解するにつれ、驚きがわき上がってきた。

「何だって？」とわたしは問うた。

シャーロックは口元を歪めて笑みを浮かべると、コーヒーをもう一口すすった。

「全く、君の頭ははりぼてかい？　せっかく脳味噌を持っているなら、もっと有効に使えよ。まあ、そんな君とやりとりすることによってぼくの考えがはっきりとまとまったりするから、全くの無駄ではないけどな」

彼のキャラクターはだいぶ理解しているつもりだったが、それでも同居生活を始めてまだ間もない相手から、こんな馬鹿にするような発言をされると、さすがにむっとしてしまった。

「僕は確かに君よりは頭の回転が鈍いかもしれないがね、医学を修めて医者の資格も持っている身だ、一応頭蓋骨に脳味噌は詰まっているよ。だが正直に言うと、どうして君に見抜かれたのか判らない。要するに僕が……」

「母校の寄付に協力して欲しいと頼まれたことをどうしてぼくに見抜かれたか、だね」

「ああ、正にその通りだ。だが僕は君にその話は臭わせてもいないぞ。一体どうやって判ったんだ？」

「なあに、簡単なことだよ」シャーロックは椅子の背にゆったりともたれて言った。スマートフォンをテーブルに置くと、両手の指先を突き合わせた。「更に言えば、その寄付の目的が傷痍軍人支援プログラムのためのものだということも、判っている」

「……」

わたしは呆然として、言葉を発することができなかった。バーツ——聖バーソロミュー病院——で初めて会った際、アフガニスタン帰りであることを指摘されて以来、様々な局面において彼の洞察力を見せ付けられてきたが、見通した事実をいきなり突きつけられると、何回やられても驚いてしまう。

彼は鼻を鳴らし、少し馬鹿にするように笑った。

「少なくともぼくの推理力のレベルぐらいは理解しろよ、ジョン。ぼくと同じだけ頭を働かせろとは言わないが、少しは学んでもいいんじゃないか。とにかく、ぼくの観察力ならば君の考えていることなど、ブログの日記に全部書いてあるのと同じぐらいに明らかだ」

「生憎《あいにく》と僕は、君とは違って凡人でね。後学のために、君がどうやって結論に達したか教えてもらえるかな」

「判ってしまえば、簡単なことさ。もっと推理力を必要とすることならばその手柄を誇るところだが、今のは明白だから、自慢にもなりゃしない。——君は夕べは、ご機嫌で寝室に上がっていった。ブログにぼくとの共同生活のことを書き始めて以来、急にカウンターが回るようになったから、それだけ人に自分の文章を読まれているのだということでいい気分になったんだろう。なのに今朝、郵便が届いてその中の一通を読んで以来、急に沈鬱な様子になって、考え込むようになった。だから、君の気分を変えてしまったのは、その手紙であることは間違いない」

「ああ、それは確かにはっきりしてるな」

「説明されれば、何だってはっきりするに決まってるだろう。とにかく、ぼくは君に変化をもたらした手紙はどんなものだったか、考えてみた。君の手紙の封筒には、キングズ・カレッジ・ロンドンのロゴマークが入っていた。キングズ・カレッジ・ロンドンと言えば、君の出身大学だ」

そこでわたしは疑問がわいて、彼をさえぎった。

「ちょっと待った。僕は君に出身校の話をしたっけ？」

「いや」

「じゃあ、なぜわかった？」

「君はテーブルに、履歴書の試し刷りを置いておいただろう。あれを見れば、君がキングズ・カレッジ・ロンドン出身だということは一目瞭然だ」

わたしはむっとして言った。「盗み見したのか、人の書類を！　君って奴は！」

「盗み見とは人聞きが悪い。君はテーブルの上に放り出したまま、その場を離れたじゃないか。見られたくなければ、きちんと片付けろ」

わたしは思い出した。内容を確認している際に大家のミセス・ハドソンに急に呼ばれて、テーブルを離れたのだった。

「……もういい。君の推理の話を続けてくれ」

「いいだろう。君は手紙を手にした時、首をひねりながら開封していた。君自身、心当たりがなかった証拠だ。中身が印刷物であることは、ぼくのところからでも見えた。出身大学から突然来る手紙で印刷物と言えば、寄付を募るものが多い。普通なら、そのままゴミ箱行きだろう。だが君はそれを見ると、眉を寄せてじっくり読み始めた。それから壁際に立てかけてある自分の杖を見ながら、片手で肩を押さえた。君は、戦闘の際に肩を撃たれて負傷した、と言っていた。以上を考え合わせると、君の母校が英国の傷痍軍人支援プログラムを立ち上げ、そのための寄付を募る手紙だったのだと推理できる。……まあ、キングズ・カレッジ・ロンドンのサイトにアクセスして、寄付の件は確認したけれどな」

「なんだ。サイトを見たのなら、そりゃ簡単にわかるさ」

わたしがそう言うと、今度は彼が少し気分を害したようだった。

「あくまで確認であって、そこに至るまではぼくの頭脳が導き出した結論だ。だが、まだ続きがある」

「ほう聞こうじゃないか」

「君は自分が戦場で傷を受け、帰国してからもPTSDを抱えていた。だから、傷痍軍人支援プログラムということなら、協力したいと考えた。そこで君は財布を取り出し、中身を見た。自分の財政状況を確認したわけだ。そして深いため息をついた。財布の中は、惨憺《さんたん》たる有様だったということだ。……まあ、それを見なくても、君が現在、金欠だということはぼくもよく知っている。まずそもそも、スタンフォードの紹介でぼくと同居することを決めたのは、ロンドンでひとりで生活していくほどの金がないからだ。この間は、救世軍のチャリティショップで〈ハヴァーサック〉の服を買ってきていた。いい服は着たいが、正価で買う財力はないがゆえだ」

「同居の件はともかく、救世軍のことはどうして判った？」

「どこで買い物をしたかを隠したければ、その辺にレシートを放り出しておかないことだな」

そういえば、幾らで買ったか確認するため、財布からレシートを出したのだった。

シャーロックは続ける。「財力に不安があるからこそ君は働こうとしている。履歴書を書いているのがその証拠だ。だが履歴書を確認しているということは、まだそれを提出する先へ行っていないということだから、当然ながら新たな収入源も確保できていない。まあ、そもそも確保できていたら、買い物する際にデビットカードを貸してくれなどとぼくに頼むわけがないな」

これだけ金がない、財力がないと畳み掛けられて、さすがに少し気分が沈んだ。シャーロックは、そういうところへのデリカシーに欠ける男だと分かってはいたが。

「なあシャーロック」

「嫌だね」

「まだ何も言っていないぞ」

「言わなくても、この話の流れから簡単に予測が付く。君はぼくから金を借りようとしているだろう」

「……うん、実はその通りだ」

「それを食費に使うならまだいい。だが寄付するために借りようとしている。君がいまそのパソコンの画面でぼくが見たのと同じページを開いて、傷痍軍人支援プログラムの詳細を読んでいるのがその証拠だ。しかし金を貸すのはお断りだ。寄付をしたければ自分の金でしろ」

これには、ぐうの音も出なかった。確かに、彼の言う通りだった。それに金銭的に彼の世話になっていては、ますます頭が上がらなくなる。こんなことなら、シャーロックのことをスパイして欲しいという依頼に応じて、その報酬をもらっておけばよかった。脚の具合も良くなってきたこともあり——これに関してだけはシャーロックとの活動が良い面に働いたのかもしれない——本格的に就職活動をすることを決心した。だが、やられっ放しでは癪だ。「脳味噌をもっと有効に使え」と言われたのだから、使ってやろうではないか。

そこでわたしは彼の推理法を観察し、自分でもやってみようと決心したのだ。

数日後の昼、わたしはシャーロックと一緒に外出し、ノーサンバーランド通りのレストランで昼食をとることにした。例の「連続自殺事件」で、張り込みに使った店だ。

店主が「いらっしゃい」と言って我々を迎えた。彼も以前、シャーロックに世話になったという男だ。窓際の、一番いい席に案内してくれる。

席についてから、わたしはシャーロックをじっと見つめていた。やがて彼は目を上げると、わたしの視線に気付いた。

「ジョン、何をそんなにじろじろぼくのことを見ている」

「君のことを観察していたんだ」

シャーロックは目を細めると、言った。「ぼくを？」

「そう。実はこの間から、君の推理術について考えていたのさ」

「ほう」と彼は興味を持ったような声で言った。「で、結論は？」

わたしは思い切って、はっきりと言うことにした。

「確かに、君は真実をずばりと追究する。だがそれはきみのやり方を知らなければのことで、知ってしまえば大したことはない、と判ったよ」

「では、君は知ってしまったと言うんだな」

「その通りだ。君の推理術は、案外と簡単に身につけられるものだという結論に達した」

「それは面白い」シャーロックは身を乗り出した。「では是非とも、それを実践してみてくれ。食事が来るまで、いい暇つぶしになる」

「いいだろう。……シャーロック、君は今朝起きた時、何かで頭が一杯だったに違いない」

「ああ、そいつはすごいな！　一体どうして判ったんだ？」

シャーロックがそうは言ったものの、その口調に感心したというよりもからかっているような色が滲んでいるのが気になった。しかしそこで止めるわけにはいかなかった。

「普段の君は、すごく身だしなみがいい。朝起きたら、いつも鬚《ひげ》を剃っている。なのに、今朝は剃っていなかった。考え事に夢中で、鬚を剃り忘れた証拠だ」

シャーロックは眉を上げ、笑みを浮かべた。

「いやはや！　なんて鋭いんだ、ジョン。君がそんなに物覚えがいい生徒だとは、思いもよらなかったな。君を相棒にして、本当に良かったよ。そんな君の慧眼が見通した事実は、他にももっとあるか？」

これはもしかしたらいけるかも、と思って、わたしは続けた。

「出かける時になって、鬚を剃った。考え事から、我に返ったからだ。まだあるぞ。君は朝食後、パソコンでネットのニュース一覧を見て、呻《うめ》き声を上げていただろう」

「そうだったかな。覚えていない」

「無意識に上げたのかもしれないな。僕が後でその一覧を確認したら、トップに金融関係のニュースがあった。ユーロの金融不安を受けて、我が国でも株価が下がっている、というものだった。だから君は何かの株に投機をしていて、その株価が下落することを知って落胆したに違いない」

「やれやれ、自分では気づいていなかったな。大した観察力だよ、ジョン。まだあるか？」

「あるとも。君は今日、来客の予定があったが、すっぽかされた」

それを聞いたシャーロックが目を瞠《みは》ったので、わたしは意を強くした。

シャーロックは言った。「どうしてそう思うんだ？」

「君はいつもなら、出かけるまではドレッシング・ガウンを着て寛いでいる。それなのに、今日は起きた時からきちんと服を着込んでいた。朝から客が来る予定があったからに違いない。だが、誰も来なかった。それに電話もなければ、メールの着信音もならなかった。連絡がなかったのだから、すっぽかされたということになる。……今回は、これぐらいにしておこう。君は人よりも観察力も推理力も優れていると思っているかもしれないが、その手法さえ身につければ、誰にでも同じことができるって証明できたろう。世の中には、君と同様に頭を働かせられる人間がいるんだ」

「いるかもしれないが、残念ながら少なくともここにはいないな」

「それはどういう意味だよ、シャーロック」

「君は重要なことはほとんど見逃しているし、せっかく気づいたことも解釈を間違っている」

わたしは少し頭に血が上り、声を大きくしてしまった。

「なんだって。負け惜しみもいい加減にしろよ」

シャーロックは深くため息をついた。

「負け惜しみなんかじゃない。じゃあ、順番にいこうか。まずは鬚の件から。ぼくが今朝、鬚を剃っていなかったのは、シェーバーの充電が切れていたからだ。ぼくのは旧式でね。チャージしている間は動かせないんだ。出かけるまでには充電できたから、その時に鬚を剃った。それだけの話さ」

「でも、投機をしていたというのは当たっているはずだ」

「残念ながら外れだ。確かに、パソコンでネットのニュース一覧は見た。覚えていないが、呻き声は上げたかもしれない。しかし、投機をしているからでもなければ、そもそも金融不安のニュースがあったからじゃない。逆に、ニュースがなかったからだ」

「なかった？　それはどういうことだ」

「もちろん、ぼくの待ち望んでいるニュースさ。犯罪事件のニュースだよ。このロンドンでも、いやロンドンを離れた英国内でも、大した犯罪が起こっていなかった。つまりぼく、シャーロック・ホームズの出番がないということさ。落胆しても無理はないじゃないか。全く、我が国の犯罪者どもは何をやってるんだ。ちょっとは、ぼくを楽しませてくれるような事件を起こして欲しいもんだ。最低でも、一日一件ぐらいは頼みたいね」

「服を着込んでいたことは？　あれは当たっていただろう」

シャーロックは鼻で笑った。

「ふっ。ドレッシング・ガウンは今、洗濯中だよ。着たくても着られなかっただけの話さ」

わたしは愕然としてしまった。

「まあ、頑張るんだな」シャーロックは続けた。「そのまま頑張り続ければ、十年後にはぼくぐらいのレベルにまではなれるかもしれないぞ——但し、小学校《エレメンタリー・スクール》時代のぼくだがね、ジョン。ま、そこまで達すれば大したものだよ」

「くそっ」

わたしが毒づいたところへ、店主が料理を運んできた。

「痴話喧嘩かい？　喧嘩するほど仲が良いって言うからな」

「僕たちはそういう仲じゃないって言ってるだろう」わたしはきっぱりと言った。

「まあまあ」彼はいかつい顔ににやにや笑いを浮かべて言った。「いまロウソク持ってくるから。ロマンティックだぜ」

「いらない。真昼間だし」

彼は立ち去り際に、ふと足を止めた。

「そういやあ、杖はもう使ってないんだな。俺が折角《せっかく》届けてやったのに」

「ああ、あの時はありがとう。でももう必要ないんだ」

「そいつぁ良かった」

彼のおかげで、シャーロックに対するむかつきが空中分解してしまった。当のシャーロックはというと、平然と食べ始めていた。そういう男なのである。

翌日の早朝。わたしがはたと目を覚ますと、ベッドに横たわるわたしの上にドレッシング・ガウン姿のシャーロックが身をかがめていた。

「……シャーロック。勝手に寝室に入るなと……」

寝ぼけ声でそう言いかけたけれども、すぐにシャーロックに遮《さえぎ》られた。

「夕べは寝落ちかい、ジョン」

「……なんだと」

「ベッドの上、頭のすぐ横に開いたままのラップトップが置きっぱなしだ。とにかく、早く起きろ。今日は客が来る」

シャーロックは、警察の依頼を受けて事件を解決する。だが、必ずしも警察からだけとは限らない。ミセス・ハドソンだって、レストランの店主だってそうだ。

この日は、そんな依頼人が我々の下宿を訪ねてやって来るというのだった。わたしは仕方なく起き上がり、寝室から下へ降りて、見苦しくない程度に部屋を片付けた。散らかしているのは、ほとんどシャーロックだというのに。

やがてやって来た依頼人は、中年の男性だった。

待望の事件の到来なのでシャーロックは大喜びで迎えるかと思いきや、訪問者が入ってきても彼は何も言わない。この訪問者のことを、あまり気に入っていない様子だ。仕方なく、わたしが訪問者に椅子を勧めた。

わたしはシャーロックの観察術を真似てみた。服の仕立ては良さそうだ。イタリア製かもしれない。左の袖から見える腕時計はロレックス。かなりの金持ちと見て間違いなさそうだ。

その訪問者は、椅子に腰を下ろすや、口を開いた。

「連絡を差し上げた、ホルト・ローミングと申します。どちらがシャーロック・ホームズさんですか？」

「ぼくだ」シャーロックが短く答えた。「自動車関係の仕事をしてるな」

「では、わたしの名前はご存じなんですね」

「いや」とシャーロック、素っ気ない。「あなたの服には、オイルのにおいとガソリンのにおいが染み付いてる。ただ自動車に乗っているだけではそんなにならない。どちらかというと自動車の外で仕事をしていると考えられる」

「僕は存じ上げてますよ」わたしが代わりに答えた。実際、彼の名前に聞き覚えがあったのだ。「確か、F1関係の方ですよね。あ、申し遅れました。僕はジョン・ワトソン、シャーロック・ホームズを手伝ってます」

来訪者の外観から金持ちだとわたしが推理したのは、間違いではなかった。ホルト・ローミングというのは、ネット上のニュースの見出しでもよく見かけられる名前だったのだ。彼はF1チームのテクニカルダイレクターで、チームを優勝に導いたこともある功労者だった。

「で」シャーロックがやはり簡単に言った。「用件は」

ホルト・ローミング氏はにやっと笑った。

「時は金なり、と言いますからな、ホームズさん。一秒の差が大違いになる世界に生きている私にとっての話だけじゃありませんよ、あなたにとってもです」

これを聞いて、元々決して良くはなかったシャーロックの機嫌が、一気に悪くなるのが、わたしには手に取るように分かった。

「何が言いたい」とシャーロックが冷たい声で言った。

「ああ、ちょっとせっかちだったかもしれませんな」ホルト・ローミング氏は悪びれる様子もなかった。「もし気を悪くされたなら、申し訳ありません。要は、無料相談に来ているつもりはないのでご安心を、ということです。ですから、ホームズさんにも最初からそのつもりでお願いしたいのです」

　彼は笑みをたたえたまま懐に手を突っ込み、小切手帳を取り出した。

「この通り、小切手帳を持参しています。謝礼を出し惜しみしていては、物事はうまく運びませんからな。好きな金額をおっしゃって下さい。言い値でお支払いしますよ」

　さっきまでのシャーロックの機嫌は、最悪ではなかった。なぜならばこの時、もっと悪くなったからである。彼が探偵をやっているのは、決して金銭が目的ではない。彼は常に人生に倦《う》んでおり、その退屈をまぎらわすことができるのが推理を働かすべき事件なのだ。

「ミスター・ローミング、言いたいことは判った。早く本題に入ってくれ」そう言いながら、シャーロックはこともあろうにスマートフォンをいじり始めた。

「これは失礼しました。ですが、依頼の前提は申し上げておかないといけませんからな。それで依頼の内容ですが——私の妻を捜して頂きたいのです」

「奥さんを捜す？　誘拐事件だったら、ぼくよりも先に、まず警察に行った方がいい。スコットランド・ヤードのレストレードを紹介してやる。メールしておくから」シャーロックが、ちっとも熱のこもっていない声で言った。

「ああ、いやいや、そういうことではないのです」ホルト・ローミング氏は両手を小刻みに振って否定した。「誘拐とか、決して犯罪絡みではないのですよ。妻は、なんと申しますか、要するに、その」

「はっきり言ってくれ。はっきり言ってくれないと、そこにいる頭の鈍い相棒には判らないと思うので」

そういう形でだしにするのはやめて欲しい、わたしはそう思った。

「わかりました」とローミング氏は言った。「妻は、自分で家を出て行ったのです。ちょっと、揉め事がありましてね。どうやら、親族があらぬことを妻に吹き込んだらしくて。妻の隠れ場所を用意したのも、親族らしいのです。挙句の果てには、わたしが家庭内暴力を振るったなどと、妻が酷い嘘を広めているのですよ。ですが、嘘をついたことは許します。彼女は私の妻ですから、取り戻したいのです」

「どうやって連れ戻すつもりなんだ？」

「なに、彼女を見つけて乗りこなしてやるだけでいいんですよ。彼女は扱いの微妙なエンジンを積んだ車みたいなものなんです。一旦乗って運転してやれば、わたしの思い通りに走りますよ。ですからホームズさん、あなたにお願いしたいのは、彼女の現在の居場所を探り出すことです。それさえ教えて頂けば、あとは自分でやりますから」

「親族と一緒にいるということだが？」

「ええ、親族です。男じゃありません。あなたがおっしゃりたいのは、そういうことですよね。私にもプライドというものがありますから、もしそんなことでしたら絶対に許しはしませんよ。あくまで親族です。その連中が悪いんですよ。妻は普段、わたしの言うことには常に素直に従っていたんですから。少なくとも、厳しく言ってやれば、何でも言うことをききました。親族が――たぶんたちの悪いおばたちが――裏で彼女のハンドルを握ったんです。彼女は、私がいないと駄目なんです」

シャーロックは、ぼそりと呟いた。

「彼女は今の方が幸せだろうな」

「え、何ですって？」ローミング氏が問い返した。

「おばさんたちに取り巻かれている方が、奥さんのためになるだろう、と言っているんだ」

「だが、くそっ、彼女はわたしの車、いや妻なんだ」と、ローミング氏は少し声を荒らげた。

「その事実こそが、彼女が出て行った根本原因だよ」

ホルト・ローミング氏は顔を真っ赤にして立ち上がったが、やがて息を吐き出すと、意識して平静を保っているような声で言った。

「わかりました。せっかくシグナルが一斉に消えたのに、スタートにしくじってしまったようです。やり直しましょう」

そして彼は小切手帳を開き、ポケットからモンブランの太い万年筆を太い指で取り出した。

「言い値で、という意味を、お分かり頂けなかったようです。好きな額をどうぞ。その十倍の金額をお支払いしますよ。千ポンドでしたら、一万ポンドと書きます」

「あなたの件には全く魅力が感じられないね。どうぞお帰りを。ジョン、お客さんをお送りしてくれ。なんなら力ずくでもいいぞ」

ローミング氏は、屈辱に顔をこわばらせた。

「……あんたが私と会うのは、これが最後になりますよ、ホームズさん」

「世の中には、ひとつぐらいいいこともあるもんだな」

「くそっ。いい気になりやがって。あんたになぞ、二度と頼むものか」

そう言い捨てると、荒々しい足音を立ててホルト・ローミング氏は階段を降りていった。

しばしの沈黙の後、シャーロックが言った。

「君の知識も、役に立ったぞ。彼が何者かを教えてくれたおかげで、すぐに調べがついたよ」そう言って彼はスマートフォンを示した。「あいつは既に妻に対するDVで訴えられている」

「そうだったのか。最低の男だな」

「すまんな、ジョン」

「何がだ」

「あいつから依頼料を取って山分けすれば、君も生活が楽になった」

「いいよ。女性に手を上げるような男に味方するのは御免だ」

「四分の一賛成だ」

「なに？」

「ぼくは女性に暴力を振るう男、男性に暴力を振るう男、女性に暴力を振るう女、男性に暴力を振るう女、全部に味方しないね」

「……同意見だ」

「さて、今日はまだ来客がある。以前、来たことのある人物だが」

なんでもその人物は、シャーロックがわたしと同居を始める前に、ここへ一度訪ねて来ているとのことだった。

シャーロックは続けた。「それが何者か、君には言わないでおいた方がいいか？　本人が来てから、推理できるように」

「やめておくよ。本人を目の前にして、君と『この人は弁護士？』『いや違う、もっと観察しろ』なんてやりとりをするつもりはない」

「では最低限の情報を教えておこう。ジェイムズ・B・モンタギューという人物だ。聞いたことはあるか？」

「いや、今度はないね」

「ゲームソフト開発会社を、兄と一緒に共同経営していた人物だ。シューティング系のコンピュータゲームで世界的に人気を博している会社らしい。ぼくはよく知らんがね」

シャーロックは該博《がいはく》な知識を誇っているかと思いきや、先刻のF1関係者といい、自分に興味のないことに関しては全くと言ってよいほど無知な場合がある。過去の犯罪事件や、毒物の種類などについては、専門書の知識をそのまま頭の中にインストールしたかのごとく詳しいのだが。

そこへ、当のジェイムズ・B・モンタギュー氏が到着した。三十代ぐらいだが、早くも髪が少し薄くなっている男性だった。

シャーロックがわたしを、捜査を手伝ってくれる相棒だと紹介すると、モンタギュー氏は言った。

「ワトソンさん、あなたはシューティング・ゲームはなさいますか？」

「射撃《シューティング》は得意ですが……」

ゲームは不得意だ、とその後に続けるつもりだったのに、モンタギュー氏は早とちりをしたようだった。「ほう。何を撃つのが得意ですか？　ゾンビですか？　ヴァンパイアですか？」

「アフガン・ゲリラです。こちらも撃たれましたがね」と答えると、モンタギュー氏は妙な顔をしていた。現実世界の話だと、分からなかったのかもしれない。まあ今の世の中、ネット上のものも含めれば、アフガニスタンを舞台にゲリラを撃ちまくる、というゲームのひとつやふたつ、あるのかもしれない。

「ミスター・モンタギュー」シャーロックが言った。「彼はあなたの一件について、まだ知らないんだ。改めて整理する上でも、あなたから説明してくれないか」

シャーロックはポケットからスマートフォンを取り出し、何かを確認するように画面を操作し始めた。

「いいですとも。……先月、わたしの兄のクリストファーが殺害されるという恐ろしい事件が発生しました」

「殺人というのは確かなのですか」とわたしは問うた。「事故や、自殺ではなく」

「確かです。クリストファーは背後から頭部を銃で撃たれたのです。この状況が事故はもちろん、自殺ではないことは警察も確認してます」

「現場はどちらです」

「チェルシーの、兄の自宅です。何者かが侵入した形跡はありませんでしたが、玄関の鍵は開いていました」

　ここで彼はシャーロックへと向かって言った。

「あなたも殺人で間違いない、とおっしゃいましたよね。事件の道筋は見えている、とも。ですが、全然進展がないじゃありませんか」

「大丈夫」とシャーロックは言った。「ぼくは事件の道筋を見失ってはいない」

「でも、まだ犯人の目星すらつかないじゃありませんか」

「実を言えば、ついている」

「えっ」とモンタギュー氏は意表をつかれたようだった。「誰ですか。教えて下さい」

「生憎《あいにく》だが、確証を得られるまでは教えられない。違っていたら、大変なことになるからな。それに逮捕前に、あなたが犯人に復讐してしまったりしてはいけない」

「ヘンダースンじゃないんですか」

「何者です、ヘンダースンとは?」とわたしは問うた。

モンタギュー氏はまたわたしに向き直り、言った。「マイケル・ヘンダースンです。うちの会社から独立した男なのですが、社を出て行くことになった時にちょっとごたついて、その件で、兄に恨みを持っていたんですよ」

彼の声に、どんどん熱がこもっていく。

「あれは本当に悪い奴ですよ、ワトソンさん、ホームズさん。私は以前から、あの男は邪悪で、堕落した人間だと判っていました。その上、実に危険な輩です。だから事件が起きた時から、ヘンダースンが手を下したんじゃないかと、わたしはずっと疑っているんですよ」

「あなたは当初からそう言っていたな」とシャーロック。

「だって、ヘンダースンの指紋が付いたライターが現場にあったんでしょう。もう、ヘンダースン以外いないじゃないですか」

「あったにせよ、手を下したという証拠にはならない」

「でも、警察はヘンダースンから事情聴取もしたと聞いていますよ」

「それはその通りだが、警察のやることは決して当てにならない。……ジョン、うるさいぞ」

その時、わたしの携帯にメールの着信音がしたのだ。

「失礼」そう言いながら慌ててポケットから取り出して画面を確認すると、それはなんとシャーロックからだった。

メールの中身は（Mをしばらく引き止めろ）という、それだけのものだった。不審に思って顔を上げたが、シャーロックはそっぽを向いて知らぬ顔をしている。

このシチュエーションで「M」と言えばモンタギュー氏しかいない。仕方なくわたしは、事件の枝葉末節に至るまで、根掘り葉掘り質問した。途中からは質問することがなくなってしまい、仕方なく一度聞いたことを確認する振りをしてもう一度聞いたりもした。

やがて三十分ほど経過した頃、来訪者が複数、階段を上がってくる足音が聞こえてきた。

「おや、どなたかいらしたようですが」とモンタギュー氏は話を止めた。

「ああ、大丈夫だ」シャーロックが言った。「予定通りだから」

そこに現われたのは、レストレード警部を先頭に、おなじみの女性巡査部長ら数人の警察官たちだった。

「これはどういうことです？」とモンタギュー氏、当惑を隠せない。

「やあレストレード」シャーロックは手を振った。「モンタギュー氏を逮捕しろ。証拠はつかんだ」

「何をおっしゃるんです、ホームズさん！」モンタギュー氏が声を荒らげた。

「あんたは自ら、証拠をくれたんだよ。犯人のものらしき遺留品が見つかった、ということは報道されているが、それがライターだということも、ヘンダースンの指紋が検出されたということも、まだ報道されていないし、遺族にも知らせていない情報だ。知っているのは、捜査関係者でなければ、犯人だけだ。なのにあんたはさっき、自分から喋ったろう。とんだ勇み足だったな」

「そんなことは喋ってない！」

「いや、喋ったよ」

シャーロックは手にしていたスマートフォンを操作した。そこから聞こえてきたのは、先刻のモンタギューとシャーロックとのやりとりだった。シャーロックはデータの確認でもしているような振りをして、録音機能に切り替えていたのだ。そして、モンタギューははっきりと「ヘンダースンの指紋が付いたライターが現場に」と言っていた。

これを聞いて、さすがにモンタギューも反論のしようがなくなったのか、大人しくなった。

「助かったよ、ホームズ」レストレードはそう言って、巡査部長に合図をした。

巡査部長は「また〝変人〟のお手柄？　あーあ」とぼやきながら、モンタギューに手錠をかけた。

警察官たちはそのままジェイムズ・B・モンタギューを連れ、ベイカー街を後にした。まるでいきなり到来した嵐が過ぎ去るように。

わたしは目の前の急展開に唖然となってしまったが、しばしの後、シャーロックを問い質した。

「あいつが犯人だって！　自分の兄を殺したのか！　一体なんでまた」

「君は話を聞いていなかったのか。彼と兄は企業の共同経営者だった。その収益の分け方に、納得がいかなかったのさ。兄さえいなければ、彼は好き勝手できるからな。それで殺害しておいて、ヘンダースンなる男に罪を被せようとしたんだ。指紋のついたライターを現場に残すことでね。で、捜査の方向がどちらへ向かっているか、警察がどこまで事実を摑《つか》んでいるか、ぼくを通して探り出そうとしていたんだ。ぼくが何もかも知っているとは想定もせずにね。だがぼくは知らぬ振りをして、奴が確実な証拠をさらけ出すのを待っていた。要するに、尻尾を出すまで、泳がしておいたのさ」

「奴が犯人なら犯人だと、先に教えておいてくれよ」

「知りたければ、自分で推理しろ。それに、教えたら君は根が正直者だから、態度が確実にぎこちなくなる。何も知らない君が自然に振舞ってくれたからこそ、奴も油断してぼろを出したのさ」

「『引き止めろ』ってメールを受け取ってからは、はっきり言って自然だった自信はないぞ」

「なに、あの時点ではもういいのさ。証拠は握ったから、その旨レストレード警部にメールした。警部が来るまで、奴をここにいさせれば良かったんだ」

わたしはすっかり参ってしまった。わたしはシャーロックのてのひらの上で、いいように転がされていたのだ。彼の推理法をわたしが身に付けるのは、なかなか一朝一夕にはいかないようだ。

とはいえ相棒としては、彼に認めてもらうことはできたようだ。何はともあれ、わたしが彼と一緒にいる意味は見出せた。それに、彼と同居していられる人間なんて、わたし以外にはそうそういるまい。この同居生活は、しばらく続くことになりそうだ。

（メモ・後で読み返してみたが、この文章は個人的な部分が多く、ブログには向かないようだ。よってUPはしないでおくことにする。）

The Stark Naked League

ジョン、全裸連盟へ行く

「なあ、ちょっといいかシャーロック」とわたしは呼びかけた。

「うるさい。今話しかけるな」シャーロック・ホームズはわたしに背中を向けたまま、振り返りもせずに答えた。もっとも、答えてくれただけましだ。ひどい時には、返答すらしないような男なのだ、彼は。

わたしは邪魔しないように、シャーロックの背中越しに彼が何をやっているのか覗いてみた。顕微鏡の接眼器に両眼を当て、何かを調べているようだった。その横には、試験管立てやプレパラートが散らばっている。何かの犯罪事件の証拠や手がかりだろうか。

わたしは諦めて、ラップトップを開いた。

それ以降、ずっと沈黙を保っていたシャーロックだが、三十分後、いきなり言った。

但し、姿勢は変わらない。

「なんだ、ジョン」

あまりに唐突だったのと、すっかりネットに没頭していたのとで、わたしは戸惑ってしまった。

「何も言ってないぞ」

「さっき言ったじゃないか」

そこでようやく、三十分前に自分が彼に話しかけたことを思い出した。

「ああ、あれか。あんまり時間が経ってるから、忘れてたよ」とわたしは、少し嫌味っぽく言った。

「君の話は、ぼくの頭の中で処理する優先順位が低かったから、後回しになったんだ。どうせ、くだらない話題だろう」と、彼はにべもなく言い放った。

わたしは少しむっとした。「どうしてくだらない話題だと言い切れるんだ」

「君は先刻、わざわざ『なあ、ちょっといいか』と断った。そしてぼくが拒否すると、そのまま黙った。本当に重要な話題だったらもっと強く出て、更に食い下がったはずだ。それに、絶対に忘れたりはしない。で、どんなくだらない話なんだ？　時間ができたから、相手をしてやるぞ。さあ、言ってみろ」

筋が通っているだけに、むっとする。そこでわたしは、こういう言い方をした。

「うん、思い出した。確かにくだらない話題だったよ。何せ、君の話だからな」

ここでようやくシャーロックは頭を上げた。そしてこちらに振り返った。

「ほう、ぼくの話だって？　ぼくの何の話だ」

「君の、その……性癖の話だ」

一瞬の沈黙の後、彼は再び口を開いた。「ぼくは君と、性的嗜好について語るつもりはない。もっともゲイではないことだけは、既に言ったと思うが」

「違う」わたしは瞬時に叫んだ。「それとは全く無関係だ。……いや、もしかしたら全くではないかもしれないが……」

「はっきり言いたまえ。だから何だ」

わたしは意を決して、大きな声で言った。

「裸だ。裸の話だ」

シャーロックはしげしげとわたしを見つめた後、言った。

「確かに、『あの女』の裸は素晴らしかった。だが彼女の携帯に入ってる写真はやらんぞ。あれは流出など許されない重要な証拠品だ。まあ君のことだから、彼女のサイトに上がってる画像を自分のパソコンに取り込んでるだろうがな」

わたしはかっと頭に血が上り、声を荒らげた。……後半、図星を指されたせいもあって、必要以上に。

「全然違う！　君の洞察力は人並みはずれているんだから、そうじゃないことは分かってるくせに、わざと言ってるだろう」

シャーロックは口元を歪めた。「ほう、よく分かったな。素晴らしい推理力だ」

わたしはため息をついた。「全く、君は本当に性格がまともじゃないな、シャーロック。僕が言いたいのは、君の裸のことだ」

ここでまた、シャーロックはしばし返答しなかった。たまらず、わたしは更に言った。

「君の裸に興味がある、という意味じゃないからな。僕が興味があるのは、君の裸の理由だ」

「やれやれ、やっと本題に入ったか」

「やれやれはこっちだよ、全く。君は……バッキンガム宮殿で『あの女』の一件の依頼を受けた際、全裸だったろう」

「全裸じゃない。シーツを着てた」

「シーツは着るものじゃない。とにかく、服を全く着てなかっただろう？」

「確かに、服は何も着てなかったな。だが、それがどうした」

「あの時は思わず笑ってしまったが、どうして君はあんな格好でバッキンガム宮殿に？」

「判りきったことを訊くな。ぼくはあの格好でここにいた。そして連れて行かれた。だからバッキンガム宮殿でもそのままの姿だった。当然だろう」

「そもそも、君はどうしてあんな格好だったんだ？　直前まで別の事件現場にいた僕と、ネット越しに会話してただろう。依頼人だって、ここにいたはずだ」

「レベル7未満の事件じゃ、ぼくはベッドから出ないと言ったろう。そっちの事件も興味はわいたが7までは行かない。だから君に行ってもらった。バッキンガム宮殿での依頼だって、きちんと話を聞くまでは引き受けるに値する内容かどうか判らなかった。だからマイクロフトに強要されようと、ぼくはベットから出なかった」

「出なかった？」

「ぼくは寝るとき、いつも裸だ。そしてあのシーツはベッドの延長だ。だからあのシーツをまとい、服を着ていない限り、ぼくはベッドから出ていないことになるんだ」

その理屈に、わたしはあきれ返った。

「それだけの理由で、君はバッキンガム宮殿で全裸のまま押し通そうとしたのか！」

「あんなのは、それほど大したことじゃない」とシャーロックはさらっと言った。「マイクロフトなんかは昔っから……いや、やめておこう。国家機密をもらした件で英国政府から指名手配されると困る」

その時、呼び鈴の鳴る音がしたので、わたしとシャーロックとのやりとりは中断することとなった。やがて、階段を上がってくる足音が響いてきた。その足音は重たげで、妙にゆったりと休み休み上がって来る。足音がわたしたちの部屋のドアの前で止まった瞬間に、シャーロックが言った。

「どうぞお入りを。ノックしなくてもかまわんよ」

ドアを開き、ぜいぜいと荒い息をしながら入って来たのは、ひとりの男性だった。年齢は三十代半ばぐらいで、身長はシャーロックとわたしの中間ぐらいだったが、ハムのように丸々と太っており、手の指など肉をたっぷり詰めたソーセージのようだった。お腹回りが特に顕著で、ベルトの上にまで肉がはみ出していた。顔もぱんぱんに張っていたが、あまり健康そうな色ではなかった。そしてもうひとつ、彼には顕著な特徴があった。燃えるような、赤毛の持ち主だったのだ。

彼は、シャーロックとわたしを順に見ると、言った。

「すみません、シャーロック・ホームズさんは……」

「彼ですよ」とわたしは言った。「僕はジョン・ワトソン。彼の相棒です。どうぞそちらに座って下さい」

男性は「ええ」と頷くと、椅子に腰を下ろした。椅子が、みしりときしんだ。

シャーロックが、男性の頭の天辺から爪先まで、視線を走らせた。これで、彼は依頼人に関する情報を全て読み取り、何もかも推理し終えたはずだ。彼はそういう人間――推理の天才なのだ。

シャーロックは、ぱん、と両手を合わせると、口を開いた。

「コンピュータ関係の仕事、おそらくSEだ。だが会社を辞めて、自宅で請負仕事をしている。請負仕事は、それほど順調じゃない。利き手は左。アニメ好きのオタクだ」

それを聞いて、男性はぽかんと口を開けた。すぐに我に返り、喋った。

「全てご指摘の通りです。一体どうして判ったんです？」

「簡単なことだ。脇に抱えているのはコンピュータ専門誌で、ちょっとパソコンが好きなぐらいでは読まないような類の雑誌だ。だから職業はSE。スーツが身体に合っておらず、上着はボタンをひとつ留めるのも大変そうだ。ズボンのベルトも、穴が合わなくなって自分で開けている。通勤がなくなったため急に太ったんだ。また、きちんと収入が得られていればスーツもベルトも買い換えているはずだから、仕事があまり順調じゃない。右手にスマートフォンを持っているから左利きだ。それでここの地理を検索・表示しながら来たんだな。そのスマートフォンにはアニメのキャラクターのストラップがぶらさがっているし、コンピュータ関係の仕事をしているオタクは多い。どうだね、にんじんくん？」

男性は目を丸くした。「私の仇名まで。それはどうやって？」

ふん、と詰まらなそうにシャーロックは鼻を鳴らした。

「赤毛に『にんじん』と仇名をつけるのは、昔からの習いだよ。さあ本題に入ろうじゃないか。用件をどうぞ」

「はい。ホームズさん、あなたのところへ伺ったのは間違っていなかったようです。私はジェイベズ・ガリデブと申します。リトル・ライダー街に住んでおりまして、職業はご指摘の通りシステム・エンジニアです。ですが今回こちらへ伺ったのは、職業とは関係ない事柄でして。ご推察通り、アニメ好きではありますが、それとはまた別な……なんと言いますか、嗜好が関係しておりまして」

彼が少し口ごもったのは、わたしにも判った。当然、シャーロックが見逃すわけもない。

「何も恥ずかしがることはない。ぼくが事件を引き受けるかどうかは、依頼人の趣味嗜好には左右されない。その事件が面白いかどうかだ。これまでここに来た依頼人だって、色々な趣味の人間がいた。さあ続けて」

ジェイベズ・ガリデブ氏は、しばし間を置いて、それから再び口を開いた。

「実は私、裸が好きでして」

思わずわたしは、シャーロックの方を見た。なんと、ここでまた裸が話題になるとは。

そこでわたしがコメントした。

「そんなに恥ずかしいことじゃありませんよ。誰だって、裸は好きです。異性の裸が好きか、同性の裸が好きか、という違いはあるかもしれませんが」

「いえ、そうじゃないんです。裸を見るのが好き、という意味ではありません。私は、裸になるのが好きなんです」

偶然とはいえ、これは面白いことになってきた。シャーロックも身を乗り出した。

「ほう。それは興味深い。だが、それだけではここへ来る理由にならない。一体何があったんです？　話して下さい」

「はい。私は子どもの頃からずっと、裸でいることが好きでした。小さい時分は、外で裸でいても笑われるだけで、それほど咎《とが》められませんでした。しかし、大人になるとそうもいきません。当然、裸になるのは家の中でだけということになります。やがて結婚してからも、家の中で裸でいることを妻に許してもらっていました。しかし最近、それを『だらしがない』と言って、嫌がるようになったのです。そのため、私が裸でいられる場所は、風呂場ぐらいになってしまいました」

「プールに行けばいいじゃないか」とシャーロック。「堂々と裸になれる」

「それは分かっています。ですが、私が好きなのは単なる裸ではなく、全裸なのです。プールといえども、水着を脱いだら捕まってしまうでしょう？」

「確かに」とシャーロックは同意した。「ところで子どもはいるか？」

突然の質問に戸惑っている様子ながらも、ジェイベズ・ガリデブは答えた。「いえ、いません。実子も、養子も」

「なるほど」とシャーロックは言った。「では、娘が年頃になったから、などの理由ではないと。ふむ。それで？」

「会社を辞めることになって以来酒量が増えていたのですが、どうせ家の中でも裸でいられないならと近所のパブに通って酒を飲み、気を紛らすようになりました。ある時、そこで隣人のハワード・スポールディングに遭遇したのです。挨拶をして、世間話をしているうちに、酔っ払った私は、自分の悩みを打ち明けました。そこで彼が、教えてくれたのです……『全裸連盟』を」

その『全裸連盟』という語感に、わたしは思わず噴き出しそうになった。だが話しているジェイベズ・ガリデブが真剣そのものの表情をしていたので、わたしは必死で笑いをこらえた。

シャーロックはというと、笑みをちらりとも見せずに依頼人に尋ねた。

「その『全裸連盟』とは一体何だ？」

「私も、その場ですぐにハワードにその質問をぶつけました。すると『確か裸になるのが好きな人に、裸になる場所を提供する会じゃなかったかなあ。俺もそんなに詳しく知ってるわけじゃないんだ。でもネットで調べれば、すぐに見つかるよ』と言うことでした。そこで私は帰宅してから、早速ネットで検索し、『全裸連盟』のサイトを探し当てました。調べたところ、正に名前そのまま、ハワードの言う通りの会でしたよ」

「それは要するに、ただのヌーディスト・クラブじゃないんですか？」とわたしは疑問を差し挟んだ。

「いえ、確かに誤解されがちではありますが、ヌーディスト・クラブとは根本的にスピリットが違うのですよ。ヌーディストというのは、そのコミュニティの中ではお互いに裸を見せることを恥ずかしがりません。かえって、裸を見せることとこそ奨励しています。ですが私のような者は、全裸にはなりたいけれども、それを人様に見せたいわけではないのです。太陽の下を、全裸で歩きたいわけではないのです。あくまで、自分が全裸でいられる場所が欲しいだけなのです。そして『全裸連盟』は、そんな空間を提供してくれるのですよ」

「ふむ」とシャーロックが唸った。

どうやら興味が増してきたらしいな、とわたしは思った。シャーロックの両眼も、先刻よりも輝いている。

「ちょっと風変わりではあるな。話の続きを」シャーロックが促した。

「『全裸連盟』のサイトでそのコンセプトを知った私は、即座にメールで連絡をしたのです。返信はすぐに来ました。このロンドンに本部があるので、予約の上で訪ねて来るように、という内容でした。『全裸連盟』本部は、フリート街近く、ポープス・コートの建物の四階にあります。改めて予約を取った上で現地へ行き、『全裸連盟』の管理人のダニー・ロスという人物の面接を受けました。私はそこで、いかに全裸になりたいと思っているか、しかしその場所がなくて困っているかを懸命に述べました。そして審査の結果、私は無事に『全裸連盟』への入会を許可されたのです。誓約書を兼ねた申込書を書いた私は、本部内を案内してもらいました。そこは簡単に言えば、幾つもの小さな貸しスペースの集合体でした。『全裸連盟』の会員は、ソファとテーブルとテレビだけがある小部屋を借りることができます。その小部屋では、各人が全裸になることが許されているのです。会員は、裸でテレビを観たり、持ち込んだ本を読んだり、好きなことをして時間を過ごすことができるのです」

「会費はどうだった」とシャーロックが質問を挟んだ。「入会するに当たって、法外な入会金を取られたりしなかったか？」

「いえ、入会金は一切必要ありません。部屋を借りるのには、時間に応じて利用料は負担しなければなりませんが、それも大した金額ではありません。スターバックスでコーヒーを飲むのと大差ないような値段です」

「ほう」シャーロックは、益々興味を持ったようだった。「そんな会に、誰でも入れるというのかね？」

「誰でも、ではありません。あくまで全裸になることが好きな人間でなければ駄目なのです。なんでも、全裸好きだった人物が、同好の士のために残した遺産と遺言によって発足し、運営されているらしいのですよ。シカゴ出身の故アレクサンダー・ハミルトン・ホプキンズと言ったかな、その人物は。ですから、全裸好きではない人の利用は許されません。プライバシーの保護のため、基本的に小部屋に窓はありませんが、ドアにだけ小窓が付いており、何か異変がないか管理人が覗けるようになっています。管理人に見られることは、合意の上です。管理人は同時に、部屋を借りたけれど実は全裸好きではなかった人物、つまり全裸ではない人間がいないかも確認するのです。そうそう、利用できるのは男性だけです、故ホプキンズは男性でしたから。女性もＯＫにすると、部屋で区切られているとはいえ裸の男女が同じ空間にいるわけで、何か問題が発生したりするといけないから、だそうです。私は早速、その日から利用することにしました。小部屋に入り、服を全て脱いで脱衣籠に入れます。全裸となった私は、心から解放感を味わいました。ソファに座り、テレビは消して、音楽だけ小さくかけて、ちょうど持ち歩いていた新刊のコミックス『クラティデス』を読むことにしました。行く途中でコーヒーショップのコーヒーを買っておいたので、それを飲みながら。……実に素晴らしい、最高の時間でした。コミックスを読み終えてからは、テレビでやっていた日本のアニメを観ていました。番組が終わって時計を確認したら、結構な時間が経っていました。最初の日は、こんな具合でした」

「家族には、なんと説明を？」とシャーロックが質問を挟んだ。ふと見ると、両手の指を突き合わせている。彼が何かに強い興味を持ち、考えている証拠だ。

「妻には、なんとなく気恥ずかしくて、本当のことは言いませんでした。公園のベンチで、コーヒーを飲みながら読書をしていた、と言いました。場所が違うだけで、やっていたことは本当ですから。彼女はちょっと不思議そうな顔をしてはいましたが、特に疑っている様子はありませんでした」

「それで、以降も連盟を利用することにした訳だね？」とシャーロック。

「はい、もちろんです。私にとっては、天国のような場所ですから」

わたしも疑問に思った点があったので、質問してみた。「それって……会員ならばいきなり行って、利用できるものなんですか？」

「いえ、あくまで事前の予約が必要なんです。電話をして、部屋の空き状態を確認して予約を取って、それから行くという流れになります。毎回コミックスを持ち込んで読んでいました。途中で読み終わってしまわないよう、予備のコミックスも持参して。そのうち、〈コミック・ショウケース〉とか〈ゴッシュ〉とかのコミックス専門書店に寄って、『全裸連盟』で読むものを物色してから、本部へ行く、というのが習慣となりました。とても幸福な日々でした」

ジェイベズ・ガリデブは、うっとりとした目で、宙を見つめた。しかし、シャーロックは遠慮会釈なかった。

「しかし、あなたはぼくのところへ来た。幸福なままならば、その必要はないはずだ。それはなぜ？」

「勿論《もちろん》、その幸福の日々が絶たれたからに決まっていますよ！」と依頼人は憤然たる声になった。

「やはり何か変化があったわけだな。それはどういう経緯で？」

「まずは予約でした。私が入会して丁度一か月を経過した頃から、だんだん予約を取りにくくなってきたんです。まあ、最初は連盟に人気が出てきて会員が増えたんだろう、ぐらいに思っていました。しかし時々予約を取れなくなっていたのが、二回に一回予約できなくなり、さらに予約できる率が四割、三割とどんどん減っていきました。しかし、私には全裸になれる場所が必要なのです。部屋が埋まっているなら、空くまで待ってばいい、と考えました。そこで予約が取れなかったある日、そのまま連盟の本部へ行ったのです。受付係には、困惑したような対応をされました。そして部屋が空くまで待たせて欲しい、と頼んだのです。そして待っている間に、とトイレを借りました。ところが……」

そこでいきなり、シャーロックが割り込んだ。「トイレへ行く途中、ドアの小窓を覗いたら、空いている部屋があった。そうじゃないか？」

ジェイベズ・ガリデブ氏は、目を丸くして驚いた。

「その通りです。どうしてお分かりになったんですか？」

「簡単な推理だ。さっきまで『全裸連盟』の幸せな時間についてうっとりと語っていたあなたが、憤然としている。そのシチュエーションで憤然とするのなら、実は部屋が空いていた、ということに違いない。そこから先も推理してみせようか？　それを知ったあなたは、受付で抗議をした。その時は入室できたかもしれないが、その後、あなたはもっと憤然たる出来事に遭遇した。それは、『全裸連盟』の退会告知だ。違うか？」

依頼人は、一瞬ぽかんとしていたが、次の瞬間には我に返って言った。

「正に図星です。今おっしゃられた通りの憂き目に遭ったんです。これはどうやってお分かりに？」

「くだらん。やはり簡単至極な推理だよ。あなたは最終的な手段として、ぼくのところへまでやってきた。それは、よほどのことに違いない。とすると、ようやく得たあなたの大切な時間を取り上げられた、ということだろう。ならば、退会告知しかあり得ない」

「素晴らしい、シャーロック・ホームズさん。やはりあなたは偉大なる名探偵だ。私は何も規約に違反しなかった。室料はちゃんと払ったし、入室時間も退室時間も守った。室内では、きちんと服を脱いでいた。なのに、『あなたは連盟の会員としての条件を満たさなくなったので、退会扱いとさせて頂きます』の一点張りなんですよ。決して、入会金を騙し取られたとか、そういうわけではありません。ですが、私は納得がいかないのです。ホームズさん、どうか私がどうして退会せねばならないのか、調べて頂けませんか。そして可能ならば、再入会する術を教えて頂きたいのです」

「いいだろう」シャーロックは即答した。「調査してみよう。だがぼくはいま事件を抱えているので、直接動けない。なので、取り敢えず相棒のジョン――ドクター・ワトソンが下調べをすることになる。頼んだぞ、ジョン」

「えっ。なんで僕が。それに何をどう調べたら……」

「何、簡単なことだ。君に『全裸連盟』に潜入してもらいたいのさ」

彼はそう言うと、目にも留まらぬ速さでウィンクをした。

わたしは絶句した。シャーロックは、一体何を言っているのか。あんぐりと口を開いていたわたしは、ようやく言葉を発した。

「潜入って。そんなところに入り込むのは無理だろう」

「いやいや、大したことじゃない。君が『全裸連盟』に入会して、実際に利用してくればいいだけの話さ」

「なん……だっ……て……」

「すべきなのは、室内で裸でいることだけなんだ。簡単なことじゃないか」

「裸が得意なのは君のほう……」

シャーロックはかぶせるように言った。「だからぼくは事件を抱えてるって言ったろう。さあミスター・ジェイベズ・ガリデブ、今から連盟のサイトを検索するから、相手へのアクセス方法を詳細に教えてくれたまえ。ジョンの面会の手筈を整えるから」

あれよあれよという間に、シャーロックがパソコンで『全裸連盟』に連絡を取り、わたしが面会に行く日取りが決められてしまった。すぐ翌日である。

依頼人が帰った後で、わたしはシャーロックに言った。

「事件を抱えているっていうのは嘘だろう。さっきまで顕微鏡を覗いてたけど、それは特別に事件と関係してる訳じゃないはずだ。僕は君専属のブロガーだから、君が事件を引き受けてるかどうかぐらい、覚えてるぞ」

「なんだ判ってたのか。凄い記憶力、凄い知能じゃないか」

誉めているようにも聞こえるが、実質的にはひどい嫌味だった。

シャーロックは続けた。「マスコミのおかげで、ぼくはもうそろそろ顔が知られてきてしまったからね。万が一、相手に警戒されては困るからな。そもそもの原因は君のブログなんだぞ。だから責任は君にある。それにぼくはぼくで、捜査をするんだ。確認したいことがあるから、ジェイベズ・ガリデブの家へ行ってくる。そんなわけで、しっかり頼むぞ、ジョン」

結局わたしは、拒否できない状況に追い込まれてしまったのである。

シャーロックは「さあ、思ったより面白くなってきたぞ」と言うなり、ソファに飛び乗ってしゃがみ込むと、両手をこすり合わせた。

翌日、わたしはフリート街へと向かった。目的となる場所は事前にグーグル・マップでしっかりと調べてあったので、間違えることはなかった。

フリート街から分岐したポープス・コートにある集合ビルの四階に、「S.N.L.」という表示の出たドアがあった。確かに『全裸連盟（The Stark Naked League）』とは書きにくいだろう。

受付にいたのは二十代後半の細身の男性で、アーチーと名乗った。わたしが名前を告げると、事務室へ通された。そこでわたしを迎えたのは四十歳前後と思しきダニー・ロスという男性だった。ジェイベズ・ガリデブの話に出てきた、ここの管理人である。彼に椅子を勧められ、さっそく面接が始まった。

彼は、わたしの「裸」に対する考え方について、根掘り葉掘り質問した。わたしはシャーロックに指示されていた通りに、いかに自分が全裸好きであるか、しかし同居人がいるために全裸になることができなくて欲求不満であるかを語った。アフガン従軍帰りで金がなく、仕方なく共同生活を始めたのだということも。嘘は真実にまぶせば、本当らしく聞こえるものだ。またジェイベズ・ガリデブから彼の心情を聞いていたので、それをあたかも自分自身の気持ちであるかのごとくに熱弁を振るった。

「あなたは本当は裸になるのが好きではありませんね」と見抜かれたらどうしようかと心の中では冷や冷やしていた。だが、シャーロックだって捜査のために嘘をつくし、それがばれても開き直っていることを思い出して、なるべく堂々とするように努めた。

ダニー・ロスは、しばしわたしをじっくりと観察した後、「入会を許可しましょう。『全裸連盟』へようこそ、ワトソンさん」と言ったのである。

「ありがとうございます、ロスさん」とわたしは満面の笑みを浮かべながら応えた。心の中では、安堵のため息をついて。そして彼の取り出した誓約書兼申込書にサインをしたのである。

わたしは書類をダニー・ロスの方へと押しやった。「入会できて、とても光栄です。さっそく今日、部屋を利用させてもらえますか」

「もちろんですとも。では、こちらへどうぞ」

ダニー・ロスは、わたしを小部屋のひとつへと案内し、利用方法を簡単に説明してくれた。それは、正にジェイベズ・ガリデブから聞いていた通りの部屋だった。ダニー・

ロスが出て行ってドアを閉め、彼が去るのを小窓から見た。

「さてと」とひとりごち、わたしは服を脱いだ。いつ管理人が確認に来ても怪しまれないように。携帯電話は手元に欲しかったので、テーブル上に置く。

自分の住居のバスルームでもないのに裸でいるのは、実に落ち着かない気分だった。どことなく、心細い心地すらする。だがわたしは全裸好きとしてここに来ているのだから、堂々とした態度を装わねばならない。何気ないふりで、改めて室内をぶらついた。いや、ぶらつくと言うほど広い部屋ではないので、すぐにソファに腰を下ろした。裸の尻でソファに座るのすら、一瞬ぎょっとしてしまう。とにかく気を紛らわそうと、テーブルの上にテレビのリモコンが置いてあったので、そのスイッチを入れる。見慣れたテレビ番組が始まり、なんとなくほっとする。

空調も利いており、とても暖かい。裸でいても大丈夫なように、という配慮だろう。かえって服を着たままこの部屋にずっといたら、暑いぐらいかもしれない。

テレビのチャンネルを変えると戦争映画をやっていたので、それを観ることにする。以前観たことがあるものだったため、すぐにストーリーに入り込めた。だが突然携帯電話が鳴り、わたしはびくりとして我に返った。

表示を見るとシャーロックからだったので、わたしは電話に出た。

「はい、もしもし」

「ジョンか。『史上最大の作戦』を観ているな」

「どうして判る」

「電話ごしにテレビの音が聞こえている。そのBGMは『史上最大の作戦』しかあり得ない」

「なんだ。大した推理じゃないな」

「正しい結論さえ導き出せれば、推理が大したものだろうとなかろうと関係ない。問題は、それが正しいか否かだけだ。その部屋の様子を知りたい。室内の画像を撮影して送ってくれ。動画でもいい。だがくれぐれも、撮影していることはそこの人間に悟られるな。携帯で調べ物をしているふりでもして、こっそりと撮影しろ。それをメールでこちらに送るんだ。いいな」

　シャーロックはそれだけ言うと、わたしの返事も待たずに通話を切った。全く自分勝手な奴、と思いつつも、わたしは彼の指示に従うことにした。「ふり」というところも含めて。確かに、撮影していることがバレたら、怪しまれてしまうだろう。

　わたしは持参したクロスワードパズルのペイパーバックと、シャープペンシルを取り出した。そしてまず頁をめくって、適当なクロスワード問題を実際に解き始めた。幾つか単語を書き込んだところで、携帯で検索をして判らない単語を調べているように装った。そして実際にはカメラ機能を起動し、動画撮影を始めたのである。同じ方向ばかり撮らないよう、調べ物のふりをしつつ何気なく横を向いたり、ソファにそっくりかえって座って斜め上方向を撮影したり。一通り撮影したところで、その動画ファイルをEメールに貼付してシャーロック宛に送った。

少し待つと、またシャーロックから電話がかかってきた。

「もしもし」

「次は君の正面を重点的に撮影しろ。くれぐれも、ばれるんじゃないぞ」

シャーロックは用件だけ言うと、わたしの返事も待たずに通話を切った。仕方なく、わたしは全く同じようにクロスワードパズルで偽装して、動画撮影を行なった。正面というと、テレビとかが置いてあり、入口がある方だ。そしてこれまた同じようにシャーロックに送った。

しばらくして、今度はシャーロックからEメールが来た。

『撮影はもう十分。怪しまれないよう時間を過ごしてから、帰りに受付でJGについて質問しろ』

わたしはため息をついた。こちらの意向などこれっぽっちも考慮せず、あれをしろこれをしろと指示ばかりする。わたしにはその行動の意味がよく分からなかったことすらあるのに。だが、あとから考えるとその意味不明の指示が全て事件解決につながっていたり、少なくとも可能性を狭める役に立っていたりするから、従っておくしかないのだ。せめて先に説明して欲しいところだが、それを彼に求めるのは難しい。訊いたとしても「そんなことも分からないのか？　せっかく頭があるんだからそれを使え！」と言われるのが関の山だ。

だが確かに、用事が終わったからといってさっさと帰ったら、怪しまれてしまうだろう。今度は普通にクロスワードパズルを解いているうちに、室内が暖かいおかげで少し眠くなってきた。結局、『史上最大の作戦』をつけたまま、ソファでうとうとうたた寝をしてしまった。

はっと気が付いて、テレビ棚の上に置いてある時計を見ると、入室してから三時間近くが経過していた。映画もとっくに終わって、別な番組が始まっていた。入室の際に、利用予定として申請したのは、三時間だった。もう良かろうと、わたしは服を着ると、部屋を後にした。

受付係のアーチーに退出の旨を伝え、言われた通りの利用料を支払いながら、何気ないふうを装って質問した。

「そういえば、僕にここの存在を最初に教えてくれたのは友人のジェイベズ・ガリデブなんだよ」

「おや、そうでしたか」とアーチーは釣り銭を寄越しながら言った。

「彼はここを辞めさせられて残念がっていたよ。どうして彼は退会することになったの？」

「ええ……まあ……」アーチーは、急に言葉を濁した。「なんと言いますか。この連盟の存在する意味に、彼が合致しなくなったと申しますか……」

どうも、分かったような分からないような答えである。だが、あまりしつこく食い下がって疑惑を抱かれても困る。わたしはにっこりと笑って「そうだったんだ。さて、今日はこれで失礼するけど、また利用させてもらうよ」と言った。

「もちろんですとも。あなたはもう『全裸連盟』の会員なんですから。是非、すぐにでもご利用下さい」と答えつつ、彼も口元に笑みを浮かべた。

どうやら、特に怪しまれはしなかったようだ。ほっとして、わたしは『全裸連盟』を後にした。

ベイカー街221Bへ戻ると、階段を上がる前からシャーロックがいることは判った。ヴァイオリンの音が、響いていたからだ。

部屋へ入ったが、シャーロックは窓の方を向いてヴァイオリンを弾き続けており、振り返りもしなければ「お帰り」の一言もない。彼の指示で『全裸連盟』へ潜入してきたというのに。

仕方なく、こちらから声をかけた。ヴァイオリンの音にかき消されないよう、大きめの声で。

「おい、シャーロック。戻ったよ」

「とっくに知ってるよ」とシャーロックは相変わらず振り返らずに答えた。「階段を上がる音で、君の足運びだと判ったからな」

「それで、君の方に何か収穫はあったのか」

シャーロックはようやく弓を下ろし、こちらを向いて言った。

「リトル・ライダー街のガリデブの住居へ行って、周囲の様子を調べてきた。両隣は同じような集合住宅だったが、裏手は商店街で、真裏には宝石店があった。それから、ガリデブ家で夫人にも会ってきたよ。夫がいると話せないこともあるだろうから、ジェイベズ・ガリデブにはいつも『全裸連盟』の前に行っていたコミックス専門書店――〈コミック・ショウケース〉と〈ゴッシュ〉で張り込みをして、怪しい奴がいないか見張りをしろと指示してね。彼は、それが捜査に必要な行動だと思っていることだろうな。妻には、フリーSE協会員の、ヘルス&メンタルケアの一環として家庭環境を調べている、ということにして話を聞いた。最近ご主人がずいぶんと不健康なようにお見受けしますので心配しています、できれば詳しく話を聞かせて下さい――と水を向けたら、彼女も言いたいことがずいぶんと溜まっていたらしく、すぐに話してくれたよ。妻の言によると、ジェイベズ・ガリデブは昔は痩せていたのに、会社勤めをやめた途端に食生活も酒の飲み方も変わって、みるみるうちに病的に太ってきたのだそうだ。以前はもう少し引き締まった筋肉質の身体をしていたらしいが、察するに、彼女は彼のそこが好きだったようだ。彼女が心配して注意しても、隠れて飲み食いしている。そんな様子を見て、彼女は自分に対する夫の愛情が冷めてきたと感じたのだろうな。それで妻は、その事実をはっきりと突きつけられる、夫の裸を見せられるのがたまらなかった。そこで家の中での裸を禁止したわけだ。その話をぼくとしている際、彼女はずっと指にはめた結婚指輪をいじって、ぐるぐると回していた。結婚生活をどうしようか、考えている証拠だ。あの家に住むようになったのは五年前からで、その前の住人については何も知らないと言っていた。それで不動産屋へ行って調べてきたら、ガリデブ夫妻が入居する前は一年ばかり空き室になっていたが、その前にはウォールドロンという人物が住んでいたそうだ。……どうだ。携帯で君に指示を出しながら、これだけのことを調べてきたんだ」

「それで？　次はどうするんだ」

「君は明日、もう一回『全裸連盟』へ行ってくれ。たぶん、それで確実になる。『気に入ったからまた利用したい』と電話して予約するんだ」

「確実になる——ということは、ある程度のことは判ってるんだな。一体、どういうことなんだ？」

「いや、まだ教えられない。データが足りない。それに教えてしまうと、君は行動が不自然になるからな」

結局、彼は本当にそれ以上のことは何も教えてくれなかった。少しむっとしたので「教えてくれないなら行かない」と協力を拒もうかとも思ったが、真相は気になる。仕方なく、シャーロックの思惑通りに行動することとなった。

予約はすんなりと取れて、翌日、わたしは『全裸連盟』本部へ行った。わたしが入ると、受付係アーチーだけでなく、ダニー・ロスも現われた。

「やあ、お待ちしてました。今日もごゆるりとどうぞ。二日連続のご利用なので、特別サービスとなります。さあアーチー、ご案内を」

そう言われて連れて行かれたのは、昨日よりも豪華な部屋だった。コーヒー・サーバーも備えられており、いつでもコーヒーを飲むことができるようになっていた。なので、全裸になったわたしは早速コーヒーをいれ、読書にいそしむことにした。少しはここの環境に慣れたので、今回は読みかけの本持参で来たのだ。持って来たのは、海洋小説だ。気が付けば、嵐の海で翻弄される帆船の世界に、すっかり没頭していた。

今日はシャーロックからの指示も来ない。全裸連盟にいることも、自分が裸であることも忘れて、わたしは本を読みふけっていた。わたしは海軍ではなく陸軍の一員として従軍したが、小説は海の物語が好きだ。

だがどれだけの時間が経っただろうか。集中を乱されて、わたしは読書を中断した。何かの騒音が外から聞こえてきたのだ。何事だろうと部屋の入口へ向かい、服を着ていないのでドアを開いて顔だけ外にのぞかせた。ちょうど受付が見える位置だったのだが、驚いたことにその向こうにレストレード警部を始めとする警官隊を引き連れたシャーロックの姿があった。そして彼らの前では、ダニー・ロスとアーチーが凍りついたように立ち尽くしていた。

その時、シャーロックと目が合った。

「やあ、ジョン」とシャーロックが言った。

その言葉で、ダニー・ロスは呪縛が解けたようだった。わたしへと振り返り、叫んだ。

「あんたか！　あんたがこいつらを引き入れたのか！」

ダニー・ロスは身を翻すと、そのままわたしの部屋へと駆けてくるではないか。シャーロックや警官たちも、それは予期していなかったようだった。

「あっ、待て！」レストレードが声を張り上げたが、時すでに遅しだった。

ダニー・ロスはわたしを押し込むようにして小部屋へ飛び込んで来ると、懐から何かを取り出し、わたしの脇腹へと押し当てた。軍隊帰りのわたしには、それが何であるか、すぐに判った。オートマチック拳銃だ。

「動くな！　あんたは人質だ！」

そう言われたものの、わたしは右手だけはそろそろと横に伸ばした。その手で、ソファの上のクッションを取る。ダニー・ロスもその目的を察したらしく、それは見逃してくれた。わたしはクッションで身体の中心を隠した。

その時、シャーロックが入口に立った。

「おい、お前。馬鹿な真似はやめろ」

「入ってくるな！　入ってきたら、こいつを撃つぞ！」そう言いながら、ダニー・ロスは銃口をわたしの身体へとぐいぐいと押し付けてくる。

その後に起こった出来事を、わたしはよく覚えていない。だが推察するに、銃を押し付けられたわたしは無意識に後じさってしまい、テーブルに脚をとられて転倒したのだ。

それに驚いたダニー・ロスは、咄嗟《とっさ》に引き金を引いてしまった。暴発した銃弾がかすめたのだ。思わず、わたしは太ももに焼けるような痛みを感じた。

声を上げてしまう。

気が付くと、ダニー・ロスが部屋の向こうでひっくり返り、白目をむいていた。後でレストレードから聞いたところによると、シャーロックが部屋へ瞬時に駆け込んで、ダニー・ロスを投げ飛ばしたらしい。倒れているわたしのすぐ横に、シャーロックは屈み込んでいた。

「ジョン、大丈夫か？　頼むから大した怪我じゃないと言ってくれ！」

彼にこんなセリフを口にさせただけでも、怪我をした価値はあったというものだ。太ももを確認すると、流血こそしているものの、アフガンでのことを考えればこんなのはただの引っ掻き傷のようなものだった。

「なんでもないよ、シャーロック。ほんのかすり傷だ」

それを聞くや、彼の声は冷徹なものに戻った。

「ああ、そうだな。かすっただけだ」

そして彼は、ダニー・ロスに向かって言った。「おいお前、命拾いしたな。かすり傷だったからお前も助かったんだぞ。さもなければ、窓から放り出してやるところだった」

ベイカー街の部屋と違ってここは四階だぞ、と彼に念を押しておかねばならなかった。その時ひとりの警官が、なんとなく気まずそうに差し出してきたものがある。それは、わたしがさっきまで持っていたはずのクッションだった。

服を着てわたしは、ようやっと落ち着いた。ふてくされているようなダニー・ロスは、警官たちに引きずられて小部屋から連れ出された。アーチーと共に、警察へ連行されるのだ。小部屋に残っているのは、わたし以外にはシャーロックとレストレードだけだ。

ソファに腰を下ろすとわたしは、シャーロックに向かって言った。

「君は何もかも判ってるらしいな。そもそも今の騒ぎは一体何だったんだ。頼むから全部教えてくれ」

「本当に全部聞きたいんだな？」とシャーロックが手を後ろに組んで立ち、意味深げに言う。

「当たり前じゃないか」とわたしは少し憤然とする。「これだけの目に遭ったんだ。全て聞かせてもらって、当然だろう」

「そこまで言うなら説明しよう。……『全裸連盟』というのは、裸好きの男性に、裸になってもらうのが目的だったんだ」

「そんなことなら、最初から判りきってるじゃないか」

「そこまではな。だがそれには、裏の目的があった。ここの小部屋はそれぞれ隠しカメラが仕込まれていてね。中にいる男性の映像が撮影されていたんだ。しかもただ撮影されているだけでなく、リアルタイムで映像が流されていたんだよ。もうひとつの——裏の『全裸連盟』会員にね。その裏会員から、法外な会費や視聴費を取っていた。『全裸連盟』というのは、そういう犯罪組織だったんだ」

わたしは一瞬、彼が言っていることの意味が理解できなかった。やがて、頭の中に事実が浸透してきて、はたと我に返った。

「ちょっと待て。それは盗撮ということか？」

「そうだな。そうとも言う」

「てことは、僕の裸も撮影されていたのか？」

「ああ、まあ、そういうことになる」

わたしは衝撃を受けた。

「一体、どこから？」

「ちょっと待て」

シャーロックは振り返ると、テレビ棚の上の方においてある、箱型の時計を取った。今時めずらしくコンセントから電源を取るタイプ……かと思いきや、そのケーブルは妙に太かった。

「これに小型カメラが仕込んである」とシャーロック。「もう中継は止めさせてあるがな。ケーブルで画像を送るタイプだ。……ふむ、カメラも上下左右に動いて、室内の人間を追えるようになっている。なかなかよくできてるな。そらレストレード」

彼は隣にいた警部に、時計を投げるようにひょいと渡した。レストレードが、慌ててそれを受け取る。

「おい気をつけろ」とレストレード。「大事な証拠品だぞ」

わたしはその時計を見つめるうちに、とある疑いに思い至った。

「……おいシャーロック。君はもしかして『全裸連盟』の本当の目的を、最初から知っていたんじゃないか？」

「いや」と、シャーロックがここでは否定した。「そんなことはない。ぼくは幾つかの可能性を考えていたよ。まずは、ジェイベズ・ガリデブを外出させて、その間に彼の家から裏の宝石店にトンネルを掘って、盗みを働こうとしている可能性。次に、ガリデブの家は以前の住人が何かを隠しており、留守の間にそれを探し出そうとしている可能性。

それから、ミセス・ガリデブが浮気をしており、夫が不在の間に男を連れ込んでいる可能性。その浮気相手、もしくは犯罪の首謀者としては、ガリデブに『全裸連盟』の存在を教えた隣人のハワード・スポールディングが第一候補だった。だがガリデブの家に行って多方面から調査した結果、そのいずれの可能性も否定されてしまった。そこでジョン、君の潜入調査が重要な意味を持ってきたんだ。連盟が何か犯罪を行なっている場合に警戒させては元も子もなくなるので、ばれないように潜入してもらった訳だが、それが役に立った。そして君にこっそり室内を撮影するよう指示して、隠しカメラがあることに気が付いたんだ」

「君はそういう目で、あの部屋を観察したわけか。つまり、連盟の目的は本当に知らなかったとはいえ、カメラが隠されている可能性には気付いていたんだな！」

シャーロックは、ちょっと黙り込んだ。そして少し間を置いてから、答えた。

「まあ、可能性を全く考えなかったと言えば、嘘になるな」

「やっぱり。だから、自分じゃなくて僕を『全裸連盟』本部に送り込んだんだな！　自分の裸を人に見せたくなかったから、僕を犠牲にして！」

「決して意図的ではなかったんだ。ぼくがガリデブの家へ捜査に行く必要があったのは本当だし、ぼくじゃ正体がばれるかもしれなかったのは確かだ。……まあ、ぼくはマスコミに顔が出るのを余り好かないわけだから、万が一、裸の画像がネットに流出したりするのは避けたいとは思ったがね」

「で、僕の画像ならいいと考えたわけか」

彼はそれには答えなかった。「今日も君にここに来てもらった上で、レストレードに連絡をして警官たちを用意してもらい、ぼくはこの近くでラップトップから裏『全裸連盟』にアクセスした。かなり厳しいセキュリティがかかっていたが、ぼくには入り込むことなど朝飯前だった。そして君の姿が中継されているのを確認した上で、ここへガサ入れを行なった、という次第さ」

「急だったからな」とレストレード。「警官を動員するのは大変だったんだぞ」

「だがそのおかげで犯罪者を逮捕できたんだ。感謝しろよ」とシャーロック、恩着せがましくレストレードに向かって言った。

「つまり」とわたしは頭の中で整理して言った。「昨日はともかく、今日の段階では、完全に僕の裸が中継されるのを前提で送り出したわけか……」

わたしはため息をついた。これがシャーロックという男なのだ。

「しかし……男の裸なんか、誰が見たがるっていうんだ？」

「そりゃいくらでもニーズがあるさ。ぼくは顧客名簿にもアクセスしたんだ。女性も男性もいた。『完全シロウト』『完全隠し撮り』『リアルタイム映像』を売りにしており、結構な人数が会員になっていたよ」

レストレードが顔をしかめた。「顧客名簿？　おいおい、そんな個人情報を……」

「ところで」と少し冷静に戻ったわたしは言った。「この件の発端になったジェイベズ・ガリデブ氏にも報告しなければいけないと思うけど、彼のことは何か判った？」

「そんなこと、分かりきっているだろう」とシャーロック。「『全裸連盟』は本当は、裸になるのが好きな男の連盟ではなく、男の裸を見るのが好きな人間の連盟だったわけだから、本部は真の顧客のニーズに応えなければならない。……ここまで言えば、いくら鈍い君でももう分かるだろう、ジョン」

確かに、さすがに分かった。

「ジェイベズ・ガリデブの裸は、人気がなかったということか？」

「その通り。ニーズがなければ、会員にしておく意味がない。だから、少しずつ排除して、最終的に退会させたのさ。彼の体型を覚えているだろう。どうやら、連盟に入会してからも太っていったらしい。太った男性が好きな人もいるが、彼の場合病的な感じがあったからな。少なくとも、今いる顧客のニーズには合わなかったんだ。ネットからこの管理システムにも入り込んだが、盗撮映像の視聴者をカウントして、映像時間のわりに視聴される数の少ない人間から退会勧告をしていくことになっていたようだ」

そこでわたしは、とあることに気が付いた。わたしが質問しようかどうしようか考えていると、シャーロックが言った。

「君がいま何を考えているか分かるぞ、ジョン。君は自分の裸の人気がどうだったか、気になっているんだろう」

わたしはかっとなって否定しそうになったが、寸前で思い止まった。省みるに、かっとなったのはそこに真実があるからだ。否定すれば、嘘になる。シャーロックを相手に嘘をついても、それを見透かされた挙句に容赦なく指摘されてしまうだろう。それぐらいなら、開き直って堂々としていた方がましだ。

「ああ」とわたしが言ったら、シャーロックが少し片眉を上げた。「そりゃ気になるさ。何も知らずに会員にさせられて、盗撮されてたんだからな。自分の人気ぐらい、気にしたっていいだろう」

「ふむ。それもそうだな」とシャーロック。スマートフォンを取り出し、何かを調べ始めた。

「さっき、顧客からの感想アンケートも保存しておいたんだが……ああ、あったあった。『新人は可愛い』『尻がGJ!』『いい身体をしてる。元軍人か?』……ほう、ぼくみたいな推理をしている奴もいるじゃないか」

シャーロックがそう言いながら、口元に笑みを浮かべているのが気になった。レストレードまで、にやにやしている。

わたしが撃たれた時にシャーロックが口にした言葉も、見せた態度も、まるで台無しだった。

「全裸連盟事件」の記録は以上の通りだが、意図せずとは言え自分の裸を他人に見せることになった話を一般に公開すべきか否か――今のところまだ決めかねている次第である。

The Woman with the Twisted Life

ジョンと人生のねじれた女

わたしがクリニックのシフトを終えて昼過ぎにベイカー街221Bの部屋へ戻ると、シャーロックは外出の用意をしているところだった。

「ただいま、シャーロック。君は今から何しに？」と、わたしはカバンを置きながら訊いた。

「出かける」と、シャーロックはぶっきらぼうに答える。

「それぐらいは見れば判るって。何の用事でどこへ出かけるのか、って尋ねてるんだ」

「判るのか。そりゃ素晴らしい進歩だ。少しはぼくの手法を学んだようだな」と言いつつ、シャーロックはコートの襟を整える。

わたしはむっとした。「全く、君はいつもそんな調子だな」

「出かけようとしてたところを、邪魔するからだ」とシャーロック。「急用ができた。外出してくる。何の用事かは……説明が面倒だ。帰ってからにしてくれ」

「急いでいたのか。そういうことなら、済まなかった。……一緒に行こうか」

「いや結構」と彼は言下に断った。「ぼくだけの方が都合がいいんだ。戻ったら、話してやるよ」

と言い残して彼は部屋を出た。が、すぐに頭だけ覗かせた。

「ジョン、彼女に連絡を取ったほうがいいぞ。カンカンだ」

「なんでそんなことが君に判る」

「携帯を忘れて出かけたろう。電話とメールの着信音が交互に鳴ってた。君は職場にいたから、仕事の呼び出しということはない。それ以外であれだけのペースで連絡を寄越すのは恋人に違いない。あ、うるさいからバイブにして、ソファの上に置いといた。今、君が座ろうとしてるソファだ」

わたしは慌てて降ろしかけた腰を上げた。確かにそこに携帯が落ちていたので、拾い上げながら言った。

「くそっ。急いでるんじゃなかったのか」

「重要なことだと思ったからな。じゃあ」

今度こそ彼は、わたしの返事も待たずに姿を消し、階段を降りて行く足音が聞こえた。

その足音が聞こえなくなったところで、わたしは大きな溜息をついた。

「やれやれ」

何はともあれ、携帯を確認する。確かに、彼女から大量のメールと、繰り返しの留守電が入っていた。急いで電話をかけると、シャーロックの推理に間違いはなく、すっかり機嫌を損ねていた。わたしが電話に出ないしメールも返信しないものだから「浮気では」と疑っていたらしい。わたしは平謝りに謝った。罪滅ぼしとして翌日、どこかいいお店でディナーをご馳走することになった。

電話を切って額の脂汗を拭くと、脱いだコートを片付け、今度こそソファに座った。シャーロックはいないし、独りきりの時間を満喫することにしよう。

まずは熱いコーヒーを淹《い》れて、飲みながらパソコンを開く。ブログのカウンターを確認し、コメントを読む。以前シャーロックが解決した事件で、まだ発表していないものの記録も書き進める。

立ち上がって冷蔵庫を漁ると、シャーロックが冷やしているらしい謎の液体——なんとも言いがたい怪しい色をしている——があったが、それを避けて奥を探ると、エールの缶がひとつ出てきた。

缶をさあ開けよう、としたところで玄関の呼び鈴が鳴り、ミセス・ハドソンが上がってきて「お客さんですよ」と告げた。

「ごめんなさい、失礼します」

入ってきた人物を見て、わたしはおや、と思った。

「ケイティじゃないか」

彼女は、かつてわたしの診療を受けたことのある女性、ケイティ・ワイルディングだった。まだ十七歳なので、女性というよりも少女だ。ジーンズに、へそ出しTシャツという姿である。小柄で痩せており、顔も小さいために目ばかりが目立っていた。

だが彼女はあくまで患者のひとりであり、ここを訪ねて来たことなどなかった。

「ワトソン先生、突然お邪魔してすみません。いま、ちょっといいですか。ベイカー街221Bにシャーロック・ホームズさんとご一緒だと聞いて……」

「ああ、いいけど」わたしはそう言いながら、エールの缶を机に置いた。「まあ、とにかくそこへ」

ケイティを椅子に座らせ、わたしもその向かいの椅子に腰を下ろした。

「一体、何事だね」

「実はワトソン先生にお願いがあって。先生しか、頼れる方がいないんです。どうか、助けて下さい」

「助けるって……何の話だい」

「あの、以前ワトソン先生の診療を受けたとき、ついでに相談させてもらったの、覚えてますか。あたしの彼のこと……依存症の」

思い出した。彼女は不眠症に悩まされてわたしの勤めるクリニックへやって来たのだが、その際、付き合っている彼氏が悩みの種で、それがまた不眠症の原因になっている、ということまで訴えてきたのだ。彼女の交際相手は少しばかり年上で、二十七歳ということだった。とはいえ、彼女が悩んでいるのは歳の差カップルだから、という訳ではない。――彼は病気なのだ。

「ギャンブル依存症、だったね」

「ええ、そうです」とケイティ・ワイルディングは頷いた。「彼――アイザは『昔からギャンブル好きだった』とあたしには正直に告白してるんですが、最近はだいぶ克服してたんです。でも、時々どうしても我慢し切れなくなるらしくって」

「それで、今日わざわざここへ来た訳は」

「昨晩から彼に連絡がつかないんです。心配で、心配で」

「心当たりはある？」

「……〈デナリウス〉じゃないかな、と思うんです」

〈デナリウス〉というのは、今世紀に入ってからできたストラトフォードの巨大ショッピングセンター内にある、カジノのことだ。ルーレットからポーカー、スロットマシンに至るまで、大量のテーブルやマシンが用意された、スーパー・カジノなのだ。バーやレストランも併設され、一大娯楽施設となっている。だが、あくまで大人の娯楽だ。十八歳以上でないと、入場できないのだ。ケイティは、ぎりぎりアウトだ。

「どなたか、ご家族に行ってもらうことはできない？　ご両親とか」

「父も母も、ただでさえ年上の彼と付き合うことをあまりよく思っていないんです。ギャンブル依存症だなんてバレたら、絶対に別れさせられます。お願いします、ワトソン先生。アイザを捜してきてくれませんか。こんなことを頼める大人、先生しかいないんです」

彼女は、泣きそうな目で、わたしを見つめた。彼女の窮状は理解できた。だがわたしは、これからゆったりと寛ぐつもりだった。シャーロックの記録係として事件現場へ行くのならまだしも、ギャンブル中毒の困った男を捜しに行くという、面倒なだけの用件。本来なら御免こうむるところだが、涙を一杯に湛えた瞳で訴えかけられては、とても断れたものではない。エールの缶のプルタブを、まだ引っ張っていなかったのは、幸いだった。

「……分かった。行ってきてあげるよ」

「ありがとうございます、先生！」

彼女は飛び上がり、わたしに抱きついてきた。

ちょうどそのタイミングで、ミセス・ハドソンが部屋に入ってきた。

「あらあらジョン、そんな若い子と？　隅に置けないわねえ」

ミセス・ハドソンはお茶のポットとティーカップのセットの載ったトレイを、テーブルの上に置いた。来客ゆえ、お茶を用意してくれたのだ。もしかしたら、それを口実に偵察に来たのかもしれないが。

「よして下さい、ハドソンさん。彼女には彼氏がいるんですよ」と、わたしは首に回されたままのケイティの腕をほどきながら言った。

「まあ、彼氏持ちの子と？」とミセス・ハドソンは言った。「あんまり揉めないようにね」

「ですから違うんですって」

「あら、じゃあやっぱりシャーロックと……」

「違います！　どうしてその二択なんですか」

「とにかく、女の子を泣かしちゃ駄目ですよ」

そう言って、ミセス・ハドソンは部屋を出て行った。

「彼の写真はあるかい？」と、わたしはケイティに尋ねた。

「はい、ちょっと待って下さい」

彼女はバッグからスマートフォンを取り出し、人差し指でそれを操作して「これです」とわたしに見せた。

液晶画面には、ケイティと男性とのツーショット写真が写っていた。彼女が嬉しそうに、男性の腕にしがみついている。男性も、ケイティの頭に顔を寄せて、笑っている。

――これがアイザ・ホワイトウォーターか。二十七歳よりは若く見えるので、ケイティとカップルでも、違和感は感じられない。

「僕の携帯に、転送してくれるかな」

他にも彼の横顔を撮影した写真もあったので、一緒に送ってもらった。表示させて確認する。

ケイティにお茶を飲ませて、彼女が落ち着いたところで言った。

「じゃあ行ってくるよ。君は一旦帰って……」

「あたしも行きます。中には入れないけど、近くで待ってます」

彼女と一緒にタクシーで出かけるなどと言うと、益々ミセス・ハドソンが邪推しそうだが、こればかりはやむを得ない。下宿を出てタクシーをつかまえ、二人して乗り込む。車中ではケイティから彼氏との馴れ初めを聞かされる。ケイティはレストランでウェイトレスのバイトをしていたのだが、そこへ客としてやってきたのがホワイトウォーターだった。声を掛けたのは、彼女の方からだったそうだ。

東へ向かっていたタクシーは、やがてストラトフォードへと至り、やたらと大きなショッピングセンターの前で停まった。この中に、カジノ〈デナリウス〉はある。

一緒に建物へ入り、ケイティにはカフェで待っているように言った。そしてわたしは問題のカジノへと足を踏み入れた。景気のいいスロットマシンの音が、迎えてくれる。あまり不審に思われないように気をつけながら、ギャンブルに興ずる人々の顔を順に確認していく。カードを手にする人、ダイスを投げる人、回転するルーレットを凝視する人……。

ちょっと困ったのが、スロットマシンの前にいる人々。レバーを握って回転するリールのマークをじっと見つめている人ばかりなので、顔を正面からは確認しにくい。ケイティから、ホワイトウォーターの横顔の写真ももらっておいて良かった。

ほとんど端から端まで見て廻り、このカジノにはいなかったのかもしれないと思いかけた頃、遂にアイザ・ホワイトウォーターらしき人物を見つけた。彼は一台のスロットマシンを相手に格闘していた。

「失礼」とわたしは声を掛けた。「アイザ・ホワイトウォーターさん？」

彼はゆっくりとこちらへ顔を向けた。どんよりとした目がこちらを見る。間違いない、ホワイトウォーターだ。目の下には隈《くま》ができている。

「そうだけど。あんた、誰？」

「僕はドクター・ワトソン。ケイティ・ワイルディングに頼まれて、君を迎えに来たんです」

「ケイティが？　どうして」

「君、ずっとスロットマシンやってたでしょう。ケイティが心配してますよ」

「心配？　だって、まだ数時間しか……」

「いや、君は自分では分からなくなってしまったかもしれないが、一晩中ずっとやってたんだ。今はもう翌日なんだよ」

「えっ」

ホワイトウォーターは、本気で驚いている様子だった。

「さあ、ケイティがすぐそこで待ってるんだ。カジノを出よう」

わたしがそう言っても、彼はちらちらとスロットマシンに目をやって、立ち上がろうとはしない。

「でも今、かなり負けてて。もうちょっとで大当たりが出そうなんだ……」

やれやれ、典型的なギャンブル中毒者の言動だ。残念ながらギャンブル中毒の場合、ニコチン中毒にとってのニコチン・パッチのようなものが存在しないだけに、対処が難しい。

「ケイティを見捨てるのかい。ほら」

改めてわたしが促すと、抗いはしなかった。

カジノを出てカフェの前まで行くと、ケイティが飛び出してきて、ホワイトウォーターに抱きついた。

「アイザ！　ほんとに心配したんだよ！」

「すまない」とホワイトウォーターが力なく言った。「僕は……」

「うん、いいよ、いいよ。今は何も言わなくて。さあ、帰ろ」

わたしはショッピングセンター前から、二人をタクシーに乗せた。

「ワトソン先生、ありがとうございました。近々、お礼に伺いますから」

そう言ってケイティ・ワイルディングがドアを閉めると、タクシーは走り出した。

それを見送り、タクシーが見えなくなると、わたしは後ろを振り返った。大きなショッピングセンターが、聳《そび》え立っていた。この中に、カジノがある。しばらく躊躇《ためら》った後に、わたしはショッピングセンターへと戻った。

先刻からずっと、頭の中でスロットマシンの音が鳴り続けていた。

――実はわたし自身も、ギャンブルが好きな方なのだ。アフガンから帰還してからは、経済的な問題もあってあまり手を出さないようにしていた。だが現状ではちょっとばかりギャンブルをやっても平気なのだということに気付いてしまった。

さっきはアイザ・ホワイトウォーターを捜し、連れ戻すという使命があったために誘惑に負けることはなかったが、その誘惑はずっとわたしを絡め取ったままだったのだ。

そして今はもう、使命は果たし終えた。わたしだって、わたしとギャンブルとの間に、邪魔者はない。ちょっとだけ。ちょっとだけだ。わたしだって、金銭的に余裕がある訳じゃない。要は、勝てばいい話だ。ああ、ここで勝った金で、明日のデートをもっと豪華なものにできるじゃないか。

わたしは音に誘われるようにしてカジノに入り、奥へ進んだ。さっきまでホワイトウォーターが座っていたスロットマシンは、空いていた。彼が、だいぶつぎ込んだはずだ。そして、そろそろ当たりが出そうだと言っていた。

わたしはそのスロットマシンの前に座り、コインを入れ、レバーを引いた。

いきなり当たりの音がして、心臓が止まりそうになった。大当たりではなかったが、当たりは当たりだ。

更なる大当たりを求めて、レバーを引き続ける。もう、回転するリールのマークしか見えない。

気がつくと、手持ちのコインを使い切っている。ここで止めたら負けだ。少なくとも、負けた分を取り返さないと。

その時、声が聞こえた。

「その考え方がいけない。もっと負けるだけだぞ、ジョン」

わたしは、はっと顔を上げた。シャーロックの声だった。すぐ左から聞こえた。

そちらを向くと、隣には痩せて背の高い老人が、背中を丸めてスロットマシンに向かっていた。見覚えがない人物だったが、彼は正面を向いたまま喋った。それがシャーロックの声だった。

「こっちを見るな。もうおしまいにして、カジノを出ろ。カフェがあるから、そこにいるんだ」

言われるがままに立ち上がり、わたしはスロットマシンを後にした。先刻、ケイティ

・ワイルディングに待っているように言ったカフェに、今度は自分が入って待つ。十五分ほど経過して、例の痩せた老人がやってきて、わたしの向かい側に座った。老人の背が、たちまち真っ直ぐに伸びる。

シャーロックの変装だったのだ。

「シャーロック！　君はこんなところで一体何してるんだ？　僕がいない方がいいっていう用事はこれなのか？　まさか君は……」

「……こっそりギャンブルをしに来たのか、という問いならノーだ。だが君がいない方がいい用事はこれかという問いに関してはイエスだ。なぜなら、ぼくは潜入捜査をしに来たからだ。演技の下手な君が一緒にいたら、すぐにバレてしまう。君の演技力ときたら、演劇学校に入りたての学生だってもう少しましなぐらいだからな。それよりもギャンブルに関しては、君の方こそ今正にハマっている最中だったんじゃないのか」

スロットマシンの前に座って延々とレバーを引き続けていたのだから、言い逃れのしようがない。

「いや、実はこれは……」

「何か急な用事があって来たんだろう。ぼくが出かけた後に君は部屋でのんびりしていただろうから、訳もなくここへ来るはずがない。よんどころない事情で、というと――

人捜しか」

「君はほんとに何でもお見通しだな。実は、あの後、来客があってね……」

わたしが一通りの話を終えると、シャーロックは鼻を鳴らした。

「ふん。患者の彼氏を捜しにか。ぼくの方はどちらかというと〝宿敵〟を捜しに来たんだ」

まさか彼が「モリアーティを捜しに」とか言い出すのかと、ぎょっとした。だが、違っていた。

「ゴールドという人物なんだが、そいつが時々ここに出入りしているというから捜しに来たんだが――ああ全く、無駄足だったよ。今日は来ていなかったんだ。だがそもそもの目的は、ゴールドじゃない。ロバート・シンクレアという人物から、奇妙な状況で妻が消えてしまったと相談を受けたんだ。ゴールドは、そのミセス・ネリー・シンクレアの行方を知っているらしいんだ。このゴールドというのは、なかなか侮れない奴でね。ミセス・シンクレアの身柄が奴の元にあるとすると、生命の危機にすらさらされている可能性がある。だから一刻も早くゴールドをつかまえたい。……これからミスター・シンクレアのもとへ経過報告に行くんだが、ジョン、君も一緒に行くか」

「喜んで同行させてもらうよ」

先に席を立ってトイレへ寄ったシャーロックは、戻ってきた時にはいつも通りの姿となっていた。

「そら」

そう言いながら、彼はボストンバッグを投げて寄越した。わたしは胸と両手で受け取る。

「これは?」

「訊かなくても頭を使えば分かるだろう。ぼくは変装を解いて戻ってきたんだ。着替えと変装道具に決まってる」

「なんだ、一緒に行くかとか言って、荷物持ちをさせるつもりか」

「君はぼくの記録係、専用のブロガーだろ。それに君と話をしていることによって推理がまとまることもある。君は刃を研ぎ澄ます砥石だ、重要な存在だよ」

褒めているのか貶《けな》しているのか分かりにくいが、とにかくわたしが必要だということは認めているようだった。わたしはバッグを下げて、彼に従った。

ショッピングセンターを出て道路の前に立つと、シャーロックは電話をしていた。

「どこへかけたんだい」と、わたしは電話を切ったシャーロックに言った。

「これからルイシャム区のリーまで行くんだ。車を呼んだのさ。シンクレア家の車が、乗せてくれることになっている」

　ほどなく、一台の黒いベンツが現われた。我々が乗り込むと、がっしりした体格の運転手は無言のまま、すぐに車を出した。

　シャーロックが何やら考え込んでいる様子なので、声を掛けずにわたしも黙っていた。景色が、どんどん後ろへ流れ去る。

　唐突にシャーロックが言った。

「ああジョン、君は特筆すべき能力はほとんど持っていないが、沈黙しているべき時に沈黙を保つ能力にかけては、卓越しているな。ぼくが君を相棒に選んだのは、それもある。考えをまとめたい時に、どこかのバカ鑑識みたいにべちゃくちゃと喋られたら、たまらないからな。いまぼくは、ミスター・シンクレアになんと説明するべきか考えていたのさ。君はどう思う？」

「ちょっと待ってくれ。僕はミスター・シンクレアやミセス・ネリー・シンクレアのことを、まだ何にも知らないんだぞ」

「そうだった。君は与えられた情報から、物事を見通す能力については凡人並みなんだった」

　人を持ち上げてみたり落としてみたり、全く忙しい男だ。しかしわたしももう慣れっこだったので、先を促す。

「それで？」

「リーに着くまで、今しばらく時間があるな。その間に、ことの次第を説明してやろう。君にも分かるように、簡単にね。そうすれば、君が何か言うことによって、ぼくの頭に何か新しい考えがひらめくかもしれない」

「何でもいいから、早く話してくれ」

わたしが少し強い語調で言って、シャーロックはようやく話し始めてくれたのだった。

——君が不在の際に、リー在住のロバート・シンクレアという人物が、依頼に現われた。ぼくは彼の服や指に付着している絵の具から彼が画家だということ、服装からして売れっ子であることを一目で見抜いた。彼が結婚指輪をいじっていることから何か妻に関係した事件だということ、指輪の下の跡がまだ薄いことから結婚してあまり月日を経ていないことも、ぼくの目から逃れることはできなかった。

実際、彼の説明によると、昨年に不動産業を営むネリーという女性と結婚したばかりだった。ネリーは仕事柄、忙しい日々を送っており、出張で家を留守にすることもしばしばだ。

先日、ネリーがいつものように仕事で都心へ出た後、ミスター・シンクレアのもとへ画廊から連絡が入って、急に小品を持っていかねばならなくなった。

フレスノ街のギャラリーで無事に作品の受け渡しをしたミスター・シンクレアは、アッパー・スワンダム・レインを通りかかった。その時、彼は車道を挟んで反対側の歩道を、妻が歩いているのに気がついた。凄い偶然なので、ミスター・シンクレアはこっそり近付いて驚かそうと、彼女と同じ方向へと進んだ。横断歩道で車道を渡ってからも、声を掛けずに少しずつ距離を縮めた。

もうちょっとで追いつく、というところで、彼女は横道に入ってしまった。その時ミスター・シンクレアは、おや、と思ったという。なぜならば、表通りはまだよいが、裏通りはあまり環境のよくない――いかがわしい店が連なっている――界隈《かいわい》だったからだ。

やがて、彼女は一軒の建物に入ってしまった。（妻はもしかしたらここの関係者に何か商用でもあるのかもしれない）とミスター・シンクレアは考え、そのまま妻が出てくるのを待つことにした。

しかし、待てど暮らせど、彼女は出てこない。何かあったのだろうかと心配になり、もう驚かすなどという子どもじみたことは諦めて、建物へ向かった。そしてミスター・シンクレアは仰天した。そこはなんと、ポールダンス・バーだったんだ。

店は準備中だったが、インタフォンを鳴らすと「はい」という男の声が聞こえた。まあ要するに結論を明かしてしまえば、これが問題のゴールドだった。

ミスター・シンクレアはインタフォンに向かって、ここへ妻が来たはずなのですが、と言ったが、ゴールドは「何かの間違いでしょう。誰も来てませんよ」と答えた。ミスター・シンクレアが、そんなはずはないので中に入って確認させて欲しい、と訴えても拒否される。

ミスター・シンクレアは、これは何かおかしい、と確信したそうだ。だから、その場ですぐに携帯から警察へ「妻が拉致監禁されているので来て欲しい」と電話した。

パトカーはすぐに駆けつけた。降りてきた警察官二人組はミスター・シンクレアの話を聞き、彼の証言だけでは踏み込むには証拠不十分と判断したらしかったが、それでも件《くだん》の店のインタフォンを鳴らし、確認のため部屋の中を見せてもらえないか、と依頼した。だがゴールドは「何も悪いことはしていないから見せる必要はない」と、断固として拒否した。それで、しばらく押し問答となる。

三十分ばかり抵抗していたゴールドだったが、最終的には遂に折れた。部屋に入ることは許可するが、室内の物には絶対に何も触れないように、と強調した。

警官たちとミスター・シンクレアが入ると、鼻の下に口髭を蓄えた、いかにも怪しげな人物——ゴールドに迎えられた。

客席にもステージにも、ミセス・シンクレアの姿はなかった。舞台裏には、ひとりのダンサーがいた。顔面と肌は白く塗り、両目の周囲は黒く、唇は青黒く塗りたくっていた。ミスター・シンクレアの言によれば「まるで死人みたいだった」そうだ。いわゆる、ゴシック・メイクだな。コスチュームも、ゴシックとボンデージを折衷《せっちゅう》した、肌も露わなものを身に着けていた。……いま想像したな、ジョン？

彼女はヘレナ・ブープだと名乗り、ダンスの練習中だったと言う。彼女も「誰もここを訪ねて来ていない。ミセス・シンクレアなんて全く知らないし、名前すら初めて聞いた」と主張する。

ゴールドとヘレナ・ブープの二人は完全否定するし、ミセス・シンクレアがいる証拠も全く見当たらない。警官のひとりはミスター・シンクレアにだけ聞こえるように「本当にここにはいないのかも」、と言った。

ミスター・シンクレアははたと思いついて携帯を取り出すと、妻に電話をかけた。その途端に、店のどこかから音楽が流れてきた。

ミスター・シンクレアは叫んだ。

「妻の携帯です！　わたしから電話がかかってきた時の、着信音です。妻の携帯がここにあるんです！」

ミスター・シンクレアは、音のする方へと駆け出した。ゴールドがそれを遮ろうとしたようだったが、その行動は警官によって阻止された。

舞台裏の奥、更衣室らしきスペースに細いロッカーがあり、その中から音楽は聞こえていた。ミスター・シンクレアはその扉を開くと、声を上げながら中から荷物を引っ張り出した。それは、女性もののバッグだったんだ。

「妻のバッグです！　間違いありません！」

ミスター・シンクレアはバッグに手を突っ込み、勝ち誇ったように携帯を取り出した。それは、着信音を鳴らし続けていた。

ゴールドとダンサーは凍り付いていた。

警察官が改めてロッカーを念入りに調べたところ、女性用の服の入った紙製手提げ袋が見つかった。彼がその中身を床にぶちまけると、ミスター・シンクレアが叫んだ。

「おお、妻のコートです！　さっきまで着ていたものです！」

これが決定打となり、警察官は無線で署へ連絡を始めた。それが、仇になった。ゴールドがその隙に、入り口へと向かって走り出したんだ。警察官は慌てて走って追いかけたが、手遅れだった。ゴールドは外へ出てしまい、そのまま街の中へと消えてしまった。

これは警察の大失態だった。直ちに非常線を張ったけれども、ゴールドは見つからなかった。

警察官がみすみす容疑者を逃がしてしまうのを目の当たりにしたミスター・シンクレアは、これは警察だけに任せておく訳にはいかない、とぼくに捜索を依頼した……という次第だ——


「ミセス・シンクレア誘拐・監禁の容疑者は、当然のことながらまずはゴールド、そしてダンサーのヘレナ・ブープだ」とシャーロックは続けた。「警察は失敗を取り返そうとするかのように、ヘレナ・ブープはしっかりと確保し、逮捕した。調べたところ、その筋では有名な女性らしい」

「ああ、彼女なら聞いたことがある。スタイル抜群、ゴスでボンデージな上、ダンスの腕前もかなりのもので、マニアックなファンがついていると聞く」

「さすがはジョン、ロンドンの女性に関する情報については耳が早いな。もしかしたら、彼女のポールダンスも観たことがあるんじゃないのか」

わたしは質問には答えず、そのまま話を促す。「それで、ミセス・シンクレアとの関係は？」

「ミスター・シンクレアの知る限りでは、なかったそうだ。ゴールドも、ヘレナ・ブープもね。だが一方で、ミセス・シンクレアのバッグがあそこで見つかったのは事実だ。何らかの関わりはあった訳で、それを探り出すのが彼女の行方を見つける早道だ。そのためにも逃げたゴールドを捕まえねばならない。ゴールドが以前からあのカジノに出入りしていたという情報を手に入れたので、見つからないかと思ったのだが、そう簡単にはいかなかった。ミセス・シンクレアをどうやってあの店から連れ出したのか、まだ警察にも判っていない」

車から見える景色が、都会から郊外に変わり、やがて一軒の邸宅の前で停まった。シャーロック、そしてわたしが車から降りて玄関に近付くと、背がすらっと高い男性が我々を出迎えた。いかにも芸術家らしい繊細そうな顔つきの、四十代ぐらいの人物だ。これがミスター・シンクレアだった。金髪は長く伸ばし、後ろで縛っている。しきりに瞬きをするところに、神経質な気性が窺《うかが》える。ジャケットはセヴィル・ロー辺りの仕立て、腕時計はスイス製、靴はイタリア製と、いずれも見るからに高そうなものだった。

「シンクレアさん」シャーロックが目の前で指を振りながら言った。「まだ残念ながら奥さんのことは……」

彼がそこまで言いかけたところで、畳み掛けるようにミスター・シンクレアが言った。

「妻から、連絡がありました！　彼女は生きています！」

シャーロックの指の動きが止まった。

「何だって？」

「手紙が届いたんです。彼女は無事です」

「その手紙を見せてください」

ミスター・シンクレアは我々を邸宅内に誘い、応接室のテーブルの上に置いてあった封筒をシャーロックに渡した。シャーロックは封筒から便箋を取り出し、素早く目を通した。そして、すぐにわたしに寄越した。

その手紙には「今は帰れませんが、私は無事です。心配しないで下さい」という主旨のことが書かれていた。

「ふん」とシャーロックは鼻を鳴らした。「手元に携帯がないから、メールでも電話でもなく、手紙か。だが、アナログな手段ゆえに、かえって情報を得やすい。シンクレアさん、これは奥さんの筆跡ですか？」

「はい、間違いありません」と、ミスター・シンクレアは大きく頷いた。「見覚えのある、彼女の字です」

「では、確かに彼女は生きている。少なくともこの手紙を書いた時点までは」

「やはり！　良かった、一安心です」と、ミスター・シンクレアが笑みを浮かべる。

「奥さんは、あの建物に自分の意思で入っていきましたか？　それとも誰かに引きずり込まれた様子はありましたか？」

「そうですねえ」とミスター・シンクレアは少し考えた。「自分で入り口まで向かって行ったのは見えたのですが、少し距離があったので、そこまで正確には……」

　シャーロックはさらに二、三の質問をした後で、カジノでゴールドを見つけられなかったことを報告した。

　帰路も、シンクレア家の自動車でベイカー街まで送ってもらえることになった。車中、シャーロックはずっと黙ったまま考え事をしていた。手紙という新たな要素が加わったことにより、推理を組み立てなおしているのだろう。

　すっかり夕刻となったベイカー街２２１Ｂの前で車を降りると、ホームレスらしき女性が近寄ってきた。彼女には見覚えがあった。シャーロックがロンドンの情報を集めるのに使っている人々のひとりだ。

　彼女はシャーロックに言った。「ポールダンスのお店には、ゴールドは姿を見せてない。お店の営業は、ゴールドの手下が仕切ってる。リンフットっていう男」

「ほう」そう言いながらシャーロックは両手を揉み合わせた。「それは面白い。重要な情報をありがとう。……ジョン、彼女に報酬を渡しておいてくれ」

「なんで僕が」

そう抗議したが、シャーロックは聞いていなかった。仕方なく、財布から札を取り出し、彼女に手渡す。後で忘れずに、シャーロックに請求しなければ。

「ちょっと待った」と、シャーロックは降りたばかりの自動車の運転手に叫んだ。「目的地が変わった。アッパー・スワンダム・レインまで乗せて行ってくれ」

運転手は、即座に応じてくれた。どうやら、今やロンドンの有名人であるシャーロックを乗せることを、名誉なことと考えているようだった。おそらく、すぐにでも「あのシャーロック・ホームズを乗せて走った」とツイッターで吹聴することだろう。

やがて車は、アッパー・スワンダム・レインに到着した。降りる際に運転手に礼を言うと、彼はわたしに「ブログ、楽しみにしてますよ！」と囁いた。

シャーロックはわたしを待とうともせず、どんどん裏道に入っていくので、慌てて追いかける。

先のシャーロックの話通りのロケーションに、ポールダンス・バーはあった。近付くと、「ポールダンス　キャッツ&ドッグズ・バー」という電飾看板が掲げられていた。いまはその電気が切られているので開店時間ではないことが判ったが、中からは音楽が漏れ聞こえる。シャーロックがスモークガラスの扉を押すと、すっと開いて、大音量の音楽が響いてきた。どうやらリハーサルをしているらしい。

中へ入るシャーロックに従って、奥へ進む。店内は黒いレザーのソファが幾つも配置され、それぞれの前に銀色のテーブルが置かれている。ソファは概《おおむ》ね同じ向きになっており、そこに座ったときに正面となる方向に、半円形のステージがあった。そして、そこには金属製のポールが立っていた。

観客席のソファに、ひとりだけだらしなく座っている太った中年男がいた。男はタバコを吸いながら、ステージに向かって注文をつけていた。

ステージ上には、音楽に合わせてポールダンスを披露している若い女性がいた。そのダンスはかなりセクシーだったが、女性自身もセクシーで、なかなかわたしの好みだった。ダンサーに相応《ふさわ》しい、引き締まった肉体の持ち主で、僧帽筋の発達具合が理想的である。黒い髪を振り乱し、それが汗で濡れた肌に貼りついているところにもそそられた。身に着けていたのはレッスン用とおぼしい飾りのないシンプルな紫のレオタードだったが、十分エロティックである。

その時、シャーロックがわたしに背を向けたまま言った。

「君の好みの女性のようだな」

どうしてそんなことが判るんだ、と思った瞬間。

「今度は『どうして判るのか』と考えているだろう。君の息遣いの変化さ。簡単なことだよ、ジョン」

思わず後ろから首を絞めてやりたくなったが、その前にポールダンスをしていた女性がこちらに気付き、ダンスを止めた。彼女の視線で悟ったのか、観客席の中年男が振り向いた。

「何だお前ら」

そう言いながら、男が手にしたリモコンを操作した。いきなり音楽が止まり、店内は無音となる。

「リンフットだな。ゴールドについて、ちょっと聞かせてもらいたい」とシャーロック。

リンフットは、ぎょっとしたような表情でこちらを振り返った。

「警察か？……いや違うな。あんた、あの有名な探偵だな。――例の騒ぎの後、ゴールドから店を仕切れって連絡があったんだ、直接は会ってない」

「ゴールドはどこにいる」

「知らねえんだ」

「大人しく吐け。さもないと、ミセス・ネリー・シンクレア殺害・死体遺棄容疑で、スコットランド・ヤードに逮捕してもらうぞ」

リンフットは黙っている。シャーロックは視線をリンフットからステージ上のダンサーに移した。

「そこの君。名前は」

「……ポーリーンよ」

「ポーリーン、君はゴールドの行方を知らないか。言わないと『コンサルティング探偵非協力罪』で逮捕されることになるぞ」

そんな罪はない、と思わず言いそうになるが、シャーロックはそれを察してわたしの足を蹴飛ばした。

シャーロックの言を信じたのか否かは不明だが、とにかくポーリーンは言った。

「知らない。あたしもゴールドから電話をもらって、ヘレナ・ブープの穴を埋めろって言われただけ」

それを聞いた途端に、シャーロックが固まった。わたしには分かった。彼は記憶を整理するための思考状態に入ったのだ。それを初めて目にする二人は、明らかに戸惑っていた。

一分後、シャーロックが現実世界に戻って来た。

「まだ探していない場所があった」

「そこにゴールドがいるんだな？」とわたしは問うた。

「いや。ミセス・シンクレアだ。行くぞ、ジョン」

啞然としている様子のリンフットとポーリーンに背を向け、シャーロックは入り口に向かった。わたしは彼に続くしかなかった。

「本当に必要なんだな？」と、レストレードが言った。

「ああ。事件の解決に、絶対に必要だ」とシャーロックが答える。

「分かった」とレストレードは部下の女性巡査部長へと向き直る。「やってくれ」

「あたし、知りませんからねー。警部ですよ、やれって言ったのは」

「仕方ない。これは女性にしか頼めないからな」

巡査部長は、留置所の個室の入り口を開錠し、檻の中へ入った。そこのベッドには、ひとりの女性が眠っていた。真っ白なドーラン、黒いアイライナー、青黒いリップと、徹底した死人メイクをしている……ヘレナ・ブープである。

巡査部長は、片手に円筒形の白い容器を持っていた。コールドクリームである。キャップを外して中身をたっぷりともう一方の手に取ると、眠ったままのヘレナ・ブープの顔に塗りたくった。

「ひっ」

ヘレナ・ブープが目を覚ますと同時に悲鳴を上げた。

「はいはーい、すぐに済むから、ちょっと大人しくしててねー」と巡査部長、自分の体重でヘレナ・ブープを押さえつけながら言う。「暴れると、目に入っちゃうよー」

大量のコールドクリームを塗り終えた巡査部長は、今度はコットンを手にして、ヘレナ・ブープの顔をぐいぐいと拭い始めたのである。

ヘレナ・ブープの、パフォーマンス用の特異なメイクが、拭い去られていく。そしてそこに、現われたのは。

ミセス・シンクレアの顔。

……だとわたしは思った。

だが、シャーロックは叫んだ。

「お前は誰だ！」

ノーメイクでは童顔だということが明らかになった女性は、不機嫌そうな表情で、言った。

「……ヘレナ・ブープだって、最初っから言ってるじゃない」

巡査部長は立ち上がり、シャーロックの方を向いた。

「ちょっと。まさかあんた、あたしにこんなことをさせといて考えてたのと違ってた、なんて言うんじゃないでしょうね？」

どうやら、その「まさか」らしかった。

シャーロックは、顔の前で両手の指を突き合わせた。彼が考えている際のポーズだ。やがて、落雷に打たれたかのように、突然びくりと身を震わせた。実際は、彼を打ったのは雷ではなく、天啓だったようだ。

「そうか。そうだったのか。ぼくはパズルのピースは手に入れていたのに、嵌《は》める場所を間違えていた」

シャーロックはヘレナ・ブープに向き直ると、問うた。「ゴールドがどこにいるか、知らないか」

「知らないわ。いそうな場所なら、知ってるけど」

「どこだ」

「〈デナリウス・カジノ〉になら、いるかも」

シャーロックは、あからさまに失望した顔をした。

「それなら知ってるし、とっくに行った。だから……」

急に、シャーロックが止まった。思考が停止したのではない。逆だ。我々には想像もできないほどの速度で脳が回転しているために、身体の制御機能が停止してしまうのだ。そして、急に動き出した。目を輝かせて。シャーロックが、何かを悟ったのだ。

「何もかも判ったぞ」

彼はいきなりわたしへと振り返ると、人差し指を突きつけて言った。

「ジョン、君だ。君が、そもそもの元凶だ」

「なんだって」

わたしは戸惑うしかなかった。


わたしが呼び鈴を鳴らすと、インタフォンの応答があった。

(はい?)

「ワトソンです。ドクター・ワトソン。すみません、こんな夜に」

(あら。どうぞお入り下さい)

ロックが解除され、我々は集合住宅の中へ入った。エレベータで三階に上がり、目的のドアをノックすると、すぐに開けてもらえた。

「ようこそいらっしゃいませ、ワトソン先生。どうぞ中へ」

わたしだけでなく、後ろにシャーロックとレストレードが続いていることに気付くと、ケイティ・ワイルディングは「あら」と不思議そうな顔をした。

「わたしの手伝いをしてくれている二人なんだ」と、わたしが言う。

「まあそうなんですか。それはご苦労さまです」

アイザ・ホワイトウォーターの部屋で、ケイティ・ワイルディングは自分も住人であるかのように振舞っていた。

居間で、ソファに寛いでタブレット端末をいじっていたアイザ・ホワイトウォーターが、顔を上げた。

「これは……ワトソン先生。先日はどうも、ありがとうございました」

「その後、いかがですか」

「ええ、おかげさまで今のところカジノへ行きたいという衝動にかられずにおります」

「それは良かった」

わたしがそこで黙り込んでしまったので、ホワイトウォーターは戸惑ったような表情を見せた。

「あの、ワトソン先生、今日は何かご用事でも？」

「用事があるのはぼくだ」と、わたしの後ろからシャーロックが前に出た。

「どなた様ですか?」と、ホワイトウォーターが眉間に皺を寄せる。

「シャーロック・ホームズ。探偵だ」

「探偵さんが、僕に何の御用ですか」

その次のシャーロックの言葉は、衝撃だった。

「あなたを捜していたんですよ──ミセス・シンクレア」

わたしは彼が何を言っているのか判らず、思わず声を上げた。

「なんだって!」

「ミセス・シンクレア、ゴールド、アイザ・ホワイトウォーター。それはすべて同じ人間なんだよ、ジョン」とシャーロック。「ぼくはカジノ〈デナリウス〉へ、ゴールドを捜しに行った。だが、見つけられなかった。それはジョン、君がアイザ・ホワイトウォーター、つまりゴールドを連れ出してしまったからだったんだ」

「でも、ミセス・シンクレアは女性だぞ。ゴールドもホワイトウォーターも、男性じゃないか」

シャーロックは、ケイティへと振り返り、彼女へと言った。

「アイザ・ホワイトウォーターは性同一性障害だね。精神的には男性だが、肉体的には女性だ。そうだろう、ケイティ?」

わたしもケイティへと向き直ると、彼女はこわばった表情のまま、何も言わなかった。その沈黙が、全てを語っていた。

「あんたはさっきから何を言っているんだ！」とホワイトウォーターが叫んだ。「僕はミセス・シンクレアとやらでも、ゴールドとやらでもない！　僕はアイザ・ホワイトウォーターであり、それ以外の何者でもない！」

「シャーロック」とわたしは戸惑って言った。「彼が嘘をついているようには見えないが」

「それはそうだ。彼は嘘をついていないからな」

「待ってくれ。それじゃ、君がさっき言ったことと矛盾するぞ」

「矛盾しない。彼は自分がミセス・シンクレアであり、ゴールドであることを知らない。だから、彼が否定しても、それは嘘をついたことにはならないんだ。……さあ、もう答えは判ったはずだ。君は医者だろう、ジョン」

そこまで言われてようやく、じわじわと真相らしきものが頭に浮かんできた。

「……多重人格か」

「その通り。ケイティ、君はたぶん知っているね？」

ケイティはやはり無言だったが、今度はゆっくりと頷いた。

それを見たシャーロックは、満足そうに続ける。

「肉体的に女性であること、ミスター・シンクレアと結婚できたことから考えて、本来の人格がミセス・シンクレアであることは明らかだ。ミセス・シンクレアは、多重人格だ。まだ他にもあるかもしれないが、少なくともミセス・シンクレア、ゴールド、そしてアイザ・ホワイトウォーターの、三重の人格を持っている。アイザ・ホワイトウォーターとしては、どうやら多重人格の自覚がなかったようだ。だがミセス・シンクレアとゴールドは、自覚があったらしい。そのため、人格が変わった時に服装を変えたりするための場所として、ゴールドの店を使っていた。そうとは知らなかったミスター・シンクレアが、ミセス・シンクレアが消えてゴールドとヘレナ・ブープのいる現場を見つけてしまった——というのが、この事件の真相だ。ミセス・シンクレアは誘拐された訳でも、殺害された訳でもない。そんな訳で犯罪ではないから、レストレード、君はもう帰ってもいいよ」

話の経緯を呆然として見守っていたレストレード、腕組みをして考え込んでいる。

「ミセス・シンクレアはここにいる……。多重人格だから事情は複雑なので『自分の意思で』と言えるかは微妙だが、少なくとも誰かに強制された訳ではない……。傷つけられた訳でもなければ、身代金が要求された訳でもない……。うむ、確かに人騒がせなだけで、犯罪ではない。だが報告の義務があるから、最後までつき合わさせてくれ、シャーロック」

「邪魔をしなければ構わないよ。……さあミセス・シンクレア、いかがですか?」

その時、アイザ・ホワイトウォーターの顔が、明らかに変わった。感情によって表情が変わった、というレベルではなく、別な人間に変化したのだ。

「シャーロック・ホームズさん、全てあなたのおっしゃる通りです。もう、隠し立てしても無駄みたいですね」

その声は、先刻までのホワイトウォーターの声とはまるっきり違い、女性的なものとなっていたのだ。

「今のわたしは、ネリー・シンクレアです。ご指摘の通り、わたしは多重人格です。ティーンエイジャーの頃に、人格が入れ替わるのを自覚しました。それが、ゴールドの人格だったのです」

ここで、また彼女の顔が変わった。ミセス・シンクレアからホワイトウォーターに戻ったのではなく、また別な顔に。

「……俺がゴールドだよ」と彼女、いや彼は言った。「内面に抱えていた男性としての性格が、俺の人格という形で表に現われたみたいだ。自己分析すればね」

その声音は男性っぽく、ホワイトウォーターよりも更に低く、口調もかなりくだけたものだった。

「ふたつの人格は、どちらも互いを認識してたんだよ。ところが、そうこうするうちに新たな人格が出てきたんだ。今度も、男性だった。それがアイザ・ホワイトウォーターだ。奴は、ミセス・シンクレアのことも俺のことも認識しておらず、自分のことを単なる性同一性障害だと思ってた。なんだか自分で自分の擁護をするみたいで変だが、ホワイトウォーターもミセス・シンクレアも、どちらも自分のパートナーを愛していた。決して浮気をしていた訳でもなく、ましてや騙そうとしていた訳でもない。あくまで、多重人格ゆえの弊害だ。そこのところは、理解してやってくれ。……この『理解してやってくれ』というのも他人のことを言っているようだが、実際、俺たちにとってはそれぞれの人格は『別人』なんだ。今ようやっとミセス・シンクレアが出てきたけど、ショックのせいかなかなか彼女に戻らなくてね。それで夫のもとへは帰れなかったんだ。だから、手紙だけ俺が書いて出しておいたのさ。彼女の筆跡は、よく知ってるからな」

後刻、シャーロックはベイカー街221Bの部屋で語った。

「結局、ミセス・シンクレアの一件は犯罪じゃなかった。彼女は三人分の人生を送っていたが、今回はそれがねじれてしまったんだ。ことの次第を、ミスター・シンクレアに理解してもらうのは難しそうだがね。ミセス・シンクレアは仕事が忙しくて家を留守にしていることも多いということになっていたが、それは実は別な人格として人生を送っていたのさ。ゴールドの時は付け髭まで使ってね。ゴールド人格の際には特定のパートナーはおらず、ホワイトウォーター人格の際はパートナーは女性だった。他に男性パートナーがいるのよりも、ミスター・シンクレアにとってはまだ受け入れやすい……かもしれないな」

「多重人格をどう治療するかは、僕が知り合いの医者を紹介しておくよ……カジノでは結果的に、君が探している人間を僕が連れ出してしまった訳だが、知らなかったんだ、許してくれ」

「ああ、ぼくがあそこでホワイトウォーターに遭っていれば、ぼくならば即座に真相を見抜けたかもしれないね。これで貸しひとつだ」

「貸し？　こんな貸し、どうやって返せばいい」

「何、簡単なことさ。どんなに手が離せない状況でも、ぼくが『来い』と行ったら、来てくれればそれでいいさ」

……厄介な貸しを作ってしまったものだが、仕方がない。シャーロックと付き合うというのは、こういうものだ。

The Shapely Cyclist

ジョンと美人サイクリスト

　事件の発生は、シャーロックの都合を選ばない。だから、事件の持ち込まれるタイミングは平均的ではなく、偏りができる。何もすることがなくて彼が暇つぶしに部屋の壁に向かって拳銃を撃ちまくる時がある一方で、引きも切らず依頼人が訪れて、優先順位を付けなければならない時もある。

　ヴィオラ・スミスの事件が起きた前後は、後者だった。ベイカー街の名探偵シャーロック・ホームズの名前が新聞に出ない日はない、というほどだった。ピーク時には依頼人がバッティングして、後から来た方は一階のカフェで待たされたなどということもあった。

　だがシャーロックはどんな時でも、依頼人が金持ちか貧乏人か、有名人か無名の一般人かは考慮しない。彼は依頼人に対して平等だ。彼が気にかけるのは「事件が面白そうか否か」だけだ。先に述べた「優先順位」とは、これによるものである。ヴィオラが訪ねて来た時も、そんなシャーロックの気質が如実に現われていた。

その土曜日、ベイカー街221Bの二階にある我々の部屋へ上がってきたのが、ミス・ヴィオラ・スミスだった。シャーロックは調査中の事件の被害者に付着していた微粒子を顕微鏡で検分していたところで、邪魔をされて不機嫌そうだった。彼は顕微鏡の作業を中断しようとせず、わたしが依頼人を椅子に案内しなければならない始末だった。

彼女は二十代なかばぐらい、すらりと背が高く、均整の取れた見事な肉体の持ち主で、背筋がすっと伸びていた。わたしの前を通り過ぎる時には、カモミールの香りがした。白いTシャツにグレイのスキニーパンツ、そして黒い麻のジャケットを颯爽と着こなしていた。道ですれ違っても、思わず目を奪われてしまうだろう。

彼女が依頼人用の椅子に腰を下ろして――

「わたし、ストーカーに追い回されてるんです」

――と言った途端に、シャーロックは彼女を一瞥しただけで「つまらん。帰れ」と吐き捨てるように言ったのである。

「お、おいおいシャーロック」と、わたしはさすがに口を挟んだ。「結論を出すのは、もうちょっと話を聞いてからにしろよ。ヴィオラ・スミスさんがわざわざ頼みに来てるんだぞ」

「ほう」と彼は片方の眉を上げて、面白がるようにわたしの方を向いた。「珍しいな、君がぼくよりも先に進むとは。ぼくはまだ彼女の名前までは把握できていない。ぼくが推理できているのは、彼女が職業はモデルで、ナチュラリストで、交通手段もエコロジーの観点から自転車を使っている、ということだけだ。――彼女の高い身長、均整を保った体型、そして洗練されたファッションや特有の歩き方からモデルだろうと推測される。そんな職業なのに爪が短い上、植物栽培に関する雑誌を抱えているのは、自分で菜園を作るようなナチュラリストだ。ジョン、君はナチュラリストと聞いてヌーディストの方のナチュラリストを想像したかもしれないが、残念だったな。彼女の脚は細いのに筋肉質だが、それは自転車をこぐことによってつく筋肉だ。日焼けには気をつけているのだろうが、それでも手の甲より指がわずかに日焼けしているのは、自転車用手袋のせいだ。そして服のどこにも名前を刺繍してないし、まだ名乗ってもいないのに、ジョン、きみが名前を知っているということは、なかなか有名なモデルだ、という結論になる」

「その通りだよ」と、わたしは溜息をつきながら言った。「但し、君が推理して見せたこと――彼女がモデルで、ナチュラリストで、サイクリストだということは、僕も知っている。有名だからね」

「あの、どうもすみませんでした」と、ヴィオラが口を挟む。「いま、名乗ろうとしていたんです。でも、最初に名前を申し上げるべきでしたね、失礼しました。わたし、ヴィオラ・スミスと申します。仕事は――もうご存じですね。ファッション・モデルとしてショーに出ていますが、同時にウェブ番組に出演していまして、更には自家栽培の自然素材によるオーガニック・コスメ・ブランド〝ヴィオラ〟も展開しております。テレビにも映ったり、雑誌の表紙に載ったりしていますから、たくさんの人々がわたしの顔を知っています。ですから、追い掛け回されたりすることは珍しくないのですが、今回の件は、ちょっと奇妙なんです」

「ふん、奇妙ね」とシャーロック。少しは興味を抱いたようだ。「話の続きを」と促す。

「はい。ご指摘の通り、わたしは地球の環境を守るために、なるべく自動車を使わないようにしています。遠距離の場合は鉄道を使いますし、そうでなければ可能な限り自転車で移動しています。脂肪を燃やして体型を維持するのにも役立ちますから」

「あなたの職業柄、タクシーで移動した方がいいんじゃないんですか」と、わたしは言った。「あなたがヴィオラ・スミスだということがすぐにばれてしまうでしょう」

「大丈夫です。自転車用のヘルメットと、サングラスをしていれば、誰もわたしには気付きません。というか、つい最近までは平気だったのですが……近ごろ、わたしが自転車で走っている最中に、自転車で追いかけてくる人がいるんです。それもたびたび」

「自転車に乗ったストーカーということか？」と、シャーロックがようやく依頼人の方に向き直る。彼がこの事件に関心を持ったのは、明らかだった。

「そうです。わたしは月水金の週三回、南ロンドンのイースト・ダルウィッチにある自宅から北ロンドンのメイダ・ヴェールにあるチルターン・スタジオへ、決まって自転車で移動します。わたしはチルターンでネット配信番組を持っていて、その生放送があるんです。最初は、先月の月曜日のことでした。一人の男性が、わたしを追い抜いて行ったんです」

「追い抜いたんだったら、それはストーカーじゃないんじゃないか」と、シャーロックの好奇心がいきなり薄れたのが分かった。

「追い抜いていった人に、その後でまた追い抜かれてもですか？」

「それはどういうことだ？」

「ウェアは蜂の警戒色みたいなイエローとブラック、自転車はゴールドだから、最初に抜かされた時に『ずいぶんハデな人だな』って思ったので、覚えてたんです。それからわたしが赤信号で停まった間に、その人は見えなくなりました。ところが、その後しばらく走り続けて、ふと気がつくと、また同じ自転車に抜かされたんです」

「似てる自転車を見間違えたんじゃないのか」

「いいえ。あの自転車とあのウェアの組み合わせは、間違えようがありません。最初は、何かの偶然だろうと思いました。でもその翌々日の水曜日の同じ時間に家を出発したら、同じ辺りで、また全く同じ金色自転車に乗った警戒色ウェアのサイクリストに抜かされたんです。やっぱり、二回。これはもう、偶然でも何でもありません」

「いや。まだ少ないけれども偶然の可能性はある。あなたの定期的な行動と、その人物の定期的な行動が、たまたま一致してしまった、という」

「それはありません」と言いながら、彼女が長い脚を優雅に組み替えた。「金曜日、わたしもそう考えて、出発する時間を一時間早めたんです。万が一偶然なら、これで会わなくなるはずでしょう」

「おや、あなたは少しは頭が働くようだ」と、シャーロックは皮肉っぽく言った。

わたしは小声で「おい、シャーロック」と注意したが、彼は平然としていた。

「お褒めにあずかって、ありがとうございます」とヴィオラはやんわりと受け流した。

「ですが、結果は一緒でした。時間帯をずらしたにもかかわらず、謎の自転車は途中でわたしを追い抜いて姿を消し、時間を置いてもう一度わたしを追い抜いたんです。これで、偶然じゃないとわたしは確信しました」

「賢いあなたのことだから、次の週には、もっと別な行動を取ってみたんじゃないのかな？」

「はい、その通りです」

「今度は何を？」

「一回目に追い抜かされた後、速度を上げてついていこうとしました。ところが、そうすると向こうはもっとスピードを上げて、結局はまかれてしまったんです。但し、このときは二回目の追い抜きはありませんでした」

「イレギュラーなやりとりによって、そのための時間がなくなったんだろうな」とシャーロック。

わたしはふと気がついて、言った。

「やめればいいんじゃないですか？　しばらくでいいから自転車での移動を中止してしまえば」

「それが、そうもいかないんです」と、ヴィオラは困ったような顔をした。「わたしはご説明した通りの生活を送っているものですから、スポーツ・ブランド〈ウィリアムソン＝ウィリアムソン〉にスポンサーになってもらっていまして。金銭的な支援と、様々なスポーツ用品の提供を受けているんです。ネット番組のスポンサーも、同社です。それらのスポンサードの条件として、提供してもらった自転車で走る、ということも入っているんです」

「なら、事情を話したら？」

「お互いにメリットがあっての契約ですから、今回は理解してもらえたとしても、スポンサー契約の更新時に、継続してもらえなくなる可能性があります。できれば、その危険は回避しておきたいんです」

もっと大きな、物理的な危険があるかもしれないのに、とわたしは思ったが、彼女のように華やかに見える職業も、実情は厳しいのだろう、と考えて、もうそれ以上は言わなかった。

「それに、わたし自身が走り続けたいんです。だから、わたしが所属してるプロダクションのマネージャーにも話していません。彼に話すと、走るのを止めろと言われかねないので。だからこそ、ひそかに解決して欲しくて、こちらに伺ったんです」

シャーロックは、胸の前で両手の指を突き合わせて、言った。

「確かに、この事件には変わった点がある。……過去に付き合っていた相手で、別れてからもあなたに執着し、ストーカー化しそうな男性に心当たりは」

「いません」

「付き合っていなくても、あなたの熱烈なファンで、接近して来ようとしたような人物は」

「特に心当たりはないです」

「いま恋人はいますか」

おいシャーロック、そんなプライベートなことを、と注意しようとしたが、その前にヴィオラは「おりません」と答えていた。

シャーロックは、改めてヴィオラ・スミスを上から下まで舐めるように眺めた。だがヴィオラは仕事柄、人から見られることに慣れているのか、平然としている。

彼は両目を閉じて何か考えていたかと思うと、いきなり目を見開いて勢いよく立ち上がり「わかった。お引き受けしよう」と言った。

わたしはヴィオラの依頼に応じられて良かったとは思いつつも、シャーロックが複数の事件を抱えている現状を知っているので、ちょっと心配になった。

だから、シャーロックに「いいのかい」と、囁いた。

彼は「大丈夫だ」と言い、そしてヴィオラに向かって続けた。「だがぼくは今、多忙をきわめて手が離せない。今だって、犯人の身元につながる物質を分析中でね。だから、相棒のジョンに代理を務めてもらうことにする」

わたしは驚かなかった。なんとなく、シャーロックのことだから勝手にそういうことを決めてしまうような気がしていたのだ。

「シャーロック・ホームズさんは、いらして下さらないんですか？」と、ヴィオラはやや不満げな口ぶりで言った。「いえ、もちろんドクター・ワトソンを信頼できないというわけではないんですが、すぐにでもホームズさんに調査をして頂けるものとばかり」

まあ、それはそうだろう。彼女のような有名人が依頼に訪れたのだから、他の事件をおいてでも即刻、直接調査に当たるのが普通の探偵の対応だろう。——もっとも、シャーロックは「普通の探偵」とは対極にあるのだが。

「もちろん、時間が出来たら行くとも」とシャーロック。「しかしぼくがいま引き受けている事件はどれも他の人間には任せられない、要するにぼくでなければ解決できないものばかりでね。よって、そちらを優先する。万が一、何かあったらジョンが電話をくれるから、そうしたら駆けつける」

「……わかりました。それなら安心ですね」

「何、ジョンはアフガンにも従軍した猛者《もさ》だから、護衛という意味ではぼくよりも適役だよ」

褒められて、ちょっとくすぐったい。

「では、調査費用として六千ポンド、頂こう」と、シャーロックは何気なく言った。あまりにも何気なくだったので、わたしも最初は不思議に思わなかったが、すぐに気がついて少なからず驚いた。彼が自分から先に費用を要求するなんて、滅多にないことだ。しかも、結構な金額である。

だが、ヴィオラ・スミスにとっては六千ポンドといえど大した額ではなかったらしい。

「小切手でよろしいかしら」と、バッグから小切手帳とペンを取り出した。すらすらと金額を書き込むと、サインして切り取り、シャーロックに手渡した。

シャーロックは、まるでそれが十ポンド札であるかのようにぞんざいに受け取った。

週明けの月曜日に、わたしが彼女の自宅へ行くという段取りに決まった。彼女の住所や携帯番号などを、わたしの携帯に送信してもらう。有名人の個人情報を自分の携帯にもらったので、実はちょっと嬉しかった。

依頼人が帰ったところで、わたしはシャーロックに声を掛けた。

「君にしては珍しいな。いつもは『ぼくにとっては事件そのものが報酬だ』とか言ってるのに」

「ああ、これのことかい」と、シャーロックは小切手をひらひらさせた。「何、お金があるところからもらうのは当然さ。そうしておけば、子どもが『飼いウサギが消えたの』なんて依頼に来たときに、貯金箱を受け取らずに済むからな」

確かに、それは道理だった。

「とはいえ」と彼は続けた。「金持ちの子どもからだったら、平気で受け取るが」

「一言余計だ、シャーロック」

「今のはブログに書くなよ」

「書かないよ。書いたら、君のイメージがガタ落ちだ」

「ぼくのイメージなんか、どうでもいい。……イメージと言えば、ヴィオラ・スミスの画像《イメージ》は盗み撮りしたか」

「しないよ！」とわたしは声を少し強めた。「失敬な」

「だがどこかのタイミングで、一緒にツーショットを撮らせてもらおうとは考えているだろう」

この質問には、わたしはあえて答えなかった。

そして、月曜日がやってきた。

わたしは早起きして、ロンドンの南側の郊外に位置するイースト・ダルウィッチへと向かった。ここに、ヴィオラは住んでいるのだ。彼女の家は閑静な街並みに相応しい、落ち着いた一軒家で、隣接する土地には様々な植物が栽培されている。

呼び鈴を鳴らすと、彼女が出てきてドアを開けてくれた。

「ワトソンさん、ようこそ。ジョンって呼んでいいかしら」

「もちろんですとも、スミスさん」

「ヴィオラと呼んでちょうだい」

彼女に招き入れられ、部屋のひとつに通されると、服を渡された。

「じゃあ、これに着替えて下さいね」

どういうことかとその服を広げると、それはサイクリング・ウェアだった。〈ウィリアムソン＝ウィリアムソン〉社の。

「自転車も、用意してありますから」

「えっ。僕も自転車に乗るんですか。タクシーで追いかけて、と考えていたんですが」

「タクシーじゃ無理よ」と、ヴィオラは手を振って笑った。「自動車の方が速いと思っているのかもしれないけど、全体の所要時間はともかく、ペースが違うのよ。信号待ちとかで車が停まっても、自転車はその横を走っていくでしょう？」

そう言われてみれば、その通りだった。仕方なく、彼女が部屋を出て一人になったところで、着替えをする。ウェアは身体にぴったりとフィットしており、確かに動きやすそうだが、なんとも気恥ずかしい。グラブははめたが、ヘルメットとサングラスは、抱えておく。

「あら、なかなか似合うじゃない」と、戻ってきたヴィオラに言われた。「さすがは元軍人、いい身体してるわね」

「いや、その。あなたこそ、とても似合ってらっしゃいますよ」

ヴィオラも、サイクリング・ウェアに着替えていたのだ。それゆえ彼女の体のラインがはっきりとして、スタイルの良さがますます際立っていた。

「ありがと。うれしいわ」と、彼女がほほえむ。

外へ出ると、玄関先で一人の男性が黒い自転車――これも〈ウィリアムソン＝ウィリアムソン〉製だった――を支えており、「ドクター・ワトソンですね。これをどうぞお使い下さい」と言った。

彼はヴィオラと同居している弟のラファエル・スミスで、彼女と一緒に自然栽培や化粧品製造の仕事をしているのだという。

「じゃあ、出発しますね。よろしくお願いします」と、自転車に乗ったヴィオラ。

「了解です」と、わたしは応える。

ヴィオラがペダルを踏み、走り出す。すぐにわたしも、それにならう。彼女を警護しつつ状況を観察する、ということで、わたしは彼女の自転車から数メートルの距離を置いて、自分の自転車を走らせることになったのだ。

緑の点在する、のどかな住宅街の風景の中を走る。しかしわたしには、現われては後ろに流れていく景色を眺めている余裕はなかった。何者かがヴィオラに近付いてこないか、走りながら警戒するので精一杯だった。

しかし、彼女の走行ペースは思った以上に速かった。こちらは軍人として鍛えていたとはいえ、最近の運動はせいぜいシャーロックと一緒に犯人を追って走るぐらいだった。

脚の筋肉が悲鳴を上げ始める。

徐々に、ヴィオラの自転車と、距離が開いていく。これでは使命が果たせないではないか。そして遂には、赤信号で引っかかったところで、彼女を見失ってしまった。

わたしは自転車を停めて息を切らしながら、携帯を取り出し電話をかけた。しばらくして、相手が出た。

（はい、もしもし）もちろんヴィオラだ。

「もしもし、ヴィオラ？　いまどこにいます？　置いていっちゃ、困りますよ」

（え、今日はずいぶんとペースを落としたのに。一旦停まって待っていますので、早く

来て下さい。曲がってませんから、ずっと直進です）

急いで走り出したが、追いつくまでに結構な距離を走った。ずいぶんと引き離されたものだ。手を振っている彼女の姿が見えた時には、正直、ほっとした。

「す、少し休ませて下さい」と、わたしも自転車を停める。

「だらしないですねえ」と、ヴィオラはサングラスを外して苦笑する。「もうちょっとで、謎のサイクリストに最初に追い抜かされるポイントですよ。……じゃあ、ここからは先に走ってください。わたしがついていきますから。ルートは分かってらっしゃいますよね」

「ええ、まあ、頭には入っていると思います」

既に脚の筋肉がぱんぱんに張っていたが、立場上、弱音を吐くわけにはいかない。わたしは自らを奮い立たせ、自転車を再度スタートさせた。

やがて、ヴィオラから説明を受けていた辺りに差し掛かった。そろそろだろうか……と思っていると、一台の自転車がわたしを追い越した。ぴかぴかのゴールドの自転車、そしてサイクリストのウェアはイエローとブラックの警戒色。——間違いない。こいつだ。

金色の自転車は、結構なスピードを出していた。続いて、ヴィオラの自転車がわたしを追い抜く。追い越しざまに、ヴィオラが叫んだ。

「あれです！　あの自転車です！」

分かっている、と叫び返したかったが、自転車をこぐためにはあはあと呼吸するので精一杯だった。

それでもなんとか「……ああ」と、言葉ともあえぎ声とも言えぬ声を発することができた。

今度はヴィオラがゆっくり目のペースで走ってくれたので、なんとかついていくことができた。やがて、彼女が停まったので、わたしも追いついて停まった。

「大丈夫ですか？」と、ヴィオラが言う。

「あ、ああ、なんとかね」と、わたしは答えた。どんなに苦しくても「もう駄目」とは言えない状況だ。

そんな様子を見て取ったのか、彼女は「少し休んだら、あとはゆっくり行きましょう」と言ってくれた。彼女の気遣いが、身にしみた。

「でも、怪しいサイクリスト、本当にいたでしょう？」

「ええ、そうですね」と、わたしは水を補給しつつ答えた。

「もうしばらく行くと、二回目の追い抜きポイントです。もうお分かりになるでしょうから、ずっと先頭を走って下さい」

改めてスタートしてしばらく走っていると、一台の自転車が追い抜いていった。見覚えのある金色の車体に、警戒色のウェアだ。二回目の追い抜き、確かにヴィオラの言う通りだった。今度も、少なくともわたしには絶対に追いつけないスピードで、あっという間に消え去った。彼女の説明の通りだった。謎のサイクリストによる、二回の追い抜き。これは一体、何を意味するのか。

そうこうするうちに、目的地であるチルターン・スタジオに到着した。とりあえずわたしの役目は終わっていたが、とてもすぐに帰れる状態ではなかったため、体力が回復するまでヴィオラの警護も兼ねて、彼女の仕事を見学していくことにした。スタジオ側には、彼女が「担当ドクターだから」と説明してくれたので、入場証を渡され、簡単に通された。

廊下で、ひとりの男性がヴィオラに近寄ってきた。おそらく三十代、髪は肩近くまで長く伸ばし、いかにも業界人という雰囲気だ。

「今日はちょっと遅かったな。何かあったのか？」と、男性は彼女に言う。

「いいえ。いつもよりゆっくりなペースで走っただけ。こちらの彼——ジョンに合わせてね」

男性は、わたしを遠慮なくじろじろと眺めた。「誰？」

「わたしのお友達よ。ドクター・ジョン・ワトソン」

わたしは手を差し出した。「よろしく」

だが、彼は「ふうん。お友達ねえ」と言うだけで、わたしの手を無視した。

ヴィオラは「もう、サイラスったら。失礼でしょ」と言い、わたしに向き直った。

「彼はサイラス・モートン。わたしの所属するモデル事務所のマネージャー」

そして彼女は、わたしの耳元に口を寄せて、小声で言った。「先日お話しした通り、ストーカーの件は彼には内緒だから、よろしくね」

わたしはうなずいた。

「ドクター・ワトソンは、わたしの健康管理もしてくれるのよ」と、ヴィオラが言うと、ようやくモートンが納得顔になった。

「なんだ。そういうことなら早く言ってくれ。お友達とか言うから、ボーイフレンドかと思ったよ。今日は自転車で伴走？　ああ、そりゃ大変だっただろう。俺も一度やってみたけど、途中で置いていかれたよ。彼女のペースについていくには、よっぽど体力がないとね。まあ、ゆっくりしてくといいよ」

番組は、ヴィオラ・スミスがゲストとお茶会をしながらトークをして、様々な話題を紹介する、という形式らしかった。セットに入れてもらい、準備の様子を眺めながら、わたしの横で腕組みをしながらやはりそれを注視しているサイラス・モートンに、話しかけた。

「ヴィオラ・スミスさんみたいな職業って、さぞかし大変なんでしょうね」

「まあね」と、モートンは視線をヴィオラに向けたまま答えた。「見た目は華やかに見えるが、結構気苦労の絶えない仕事だからな」

「ライヴァルに足を引っ張られたり、ですか」

「ああ。それこそ弱肉強食の世界さ」

「彼女の最近のライヴァルっていうと、誰になりますか」

「そうだねえ。ああ、今回共演する彼女なんか、正にそうだよ」

モートンは正面にあごをしゃくってみせた。テーブルで、ヴィオラと直角の位置に座っている若い女性がいる。

「ステファニー・チャーリントン。表向きはヴィオラと仲良し、なんてことになっちゃいるが、同じような立ち位置だからね。実質的には、仕事の取り合いだよ」

ステファニー・チャーリントンは、手も脚も長くて顔が小さく、ひたすら細っこい体型の女性だった。ヴィオラほど筋肉質ではないけれども、一般的な女性よりも体脂肪率が低いのは見た目で明らかだった。

モートンは続ける。「まあ、その辺になると、彼女らの戦いというよりも、俺と、あそこのあいつ——ステファニーのマネージャー、アレクサンダー・ケネディ——との戦いだがな」

わたしたちと同じように、少し離れたところで、ライトの中の二人の女性を見つめている男がいた。彼もモートンと同じように長髪だが、後ろで縛っていた。腕組みをして、難しい顔をしている。視線を感じたのか、こちらをちらりと見た。

中継が始まった。ヴィオラの挨拶、ステファニーの紹介に始まって、ヴィオラからステファニーへのインタビューのような形になる。ステファニーは番組のコンセプトを考えてなのか、本当なのか不明だが、自分がベジタリアンであること、菜食がいかに身体に良いかをカメラに向かって力説した。

その後は、ヴィオラが自らのスキンケア、プロポーション維持の手法を語り、時々ステファニーにも話を振った。ヴィオラは番組を任されているだけあって、見事な采配《さいはい》だった。あっという間に四十五分間が過ぎ、番組は終了した。中継が切られ、スタッフの間から拍手が上がる。

ふたりの男性が、ヴィオラとステファニーのもとへと歩み寄った。わたしの隣のサイラス・モートンが説明してくれた。

「あっちの太っちょの方、あれがこのネット配信番組を制作しているプロデューサーの、ジャクソン・ウッドリーだよ」

「はあ、そうなんですか」と、わたしは相槌を打つ。

「もうひとりの長身で痩軀な方は、ヴィオラのスポンサーで、この番組にもお金を出してるスポーツ・ブランド〈ウィリアムソン＝ウィリアムソン〉の、広報担当のロバート・カラザーズだ」

「なるほど、さすがにスポーツ・ブランドの人だから、がっしりと筋肉質な身体をしてますね」

「カラザーズとウッドリーは、ヴィオラの熱烈なファンでね」と、モートンが続ける。

「カラザーズは〈ウィリアムソン＝ウィリアムソン〉を、ウッドリーはチルターン・スタジオをそれぞれ説得して、そのおかげでヴィオラがこの番組を持つことができたんだ」

わたしは向こうの光景を眺めながら、言った。

「でも、ウッドリーは、ヴィオラ一辺倒というわけでもないみたいですよ」

ウッドリーはヴィオラによりも、ステファニー・チャーリントンに「おつかれさま」「また是非、うちの番組に出て下さいね」などと話しかけていたのだ。

「……まあ、プロデューサーだからね」と応えるモートンの声は、平静を保とうとはしていたが、やや強張《こわば》っていた。「今後のことを考えると、ヴィオラ以外の出演者にも愛想よくしておかないといけないだろうからね」

ステファニーのマネージャーのケネディが、サイラス・モートンに対して勝ち誇ったような視線を向けたのに、わたしは気付いた。

しかしその後、ケネディがステファニーと二人きりになったところで、彼女に某フライドチキンの袋を渡しているのを目撃してしまった。人気を保つために色々と「装う」のも大変だな、と同情した。

プロデューサーのジャクソン・ウッドリーが、通りすがりにわたしに目を留めた。

「おや、そちらの方は？」

「ヴィオラの健康管理を手伝ってくれているドクターですよ」と、サイラス・モートンが横から説明してくれる。

「ドクター・ワトソンです、よろしく」とわたしが名乗ると、ウッドリーは改めてわたしの顔をまじまじと眺めた。そしてこちらに歩み寄ってくる。

の？」

「ドクター・ワトソン？……もしかして、探偵のシャーロック・ホームズの相棒
しまった。新聞やTVの報道のおかげで、わたしまで顔がバレてしまっているようだ。

「え、ええ、そうです。ですが、今日はあくまで医師として来てるんですよ」と、ごまかす。

「そうですか。でも、良かったら是非、シャーロック・ホームズさんとあなたと二人揃って、うちのネット番組に出演して下さいよ。大人気になること、確実だ」

「や、えーと、探偵業に支障が出るといけないので、あまり顔は売らないようにしてまして……」

「それは残念。もし気が変わったら、うちに声をかけて下さい。ギャラははずみますから。頼みましたよ」

ヴィオラがカメラの前のテーブルを後にし、一緒に歩いてきたロバート・カラザーズをわたしに紹介してくれた。

「ああ」とカラザーズはわたしと握手しながら言った。「あなたでしたか。ヴィオラから、ドクターが同行することになったから、ウェアと自転車を用意してくれと言われましてね。うん、とても似合ってますよ」

「ありがとうございます。すごくいい着心地です」

「やあ、それは嬉しい」とカラザーズは笑みを浮かべた。「これからもうちのウェアを着て、PRしてください」

「わかりました。ブログを持っているので、そこに書いておきますよ。〈ウィリアムソン＝ウィリアムソン〉最高、って」

「頼みましたよ」

帰路にストーキング・サイクリストが現われることはないと聞いていたので、帰りも自転車で監視する必要はなかったのだが、ヴィオラの家へ置いてきてしまった自分の服に着替えなければならない。仕方なく帰りも自転車に乗ったけれども、わたしのペースで走ることにしてもらった。わたしが先に走り、彼女があわせてついて来てくれる。彼女の家に着いた時には汗だくで、シャワーを借りて着替え、それから帰宅した。もちろん、タクシーで。

ベイカー街221Bの階段を二階まで上るには、ぱんぱんに張った脚の筋肉を更に酷使しなければならなかった。

ようやく部屋に入ると、ソファに倒れこんだ。しばらくぐったりと休んだ後、立ち上がってラップトップを取ってきて、またソファに座った。

ネットで検索し、すぐにチルターンのネット局に到達した。ヴィオラの番組は生放送だったが、過去の番組を視聴できるアーカイヴがあったので、そこをクリックする。

すぐに、今日、収録を見学したばかりのプログラムが始まった。自分が直接見ていたものを、こうしてネット放送の番組として視聴するのは、不思議な感覚だった。画面の下を、〈ウィリアムソン＝ウィリアムソン〉の文字広告が流れる。

彼女の、番組の司会としての腕前はなかなかのものだった。ステファニー・チャーリントン嬢から、うまく話を引き出している。嫌味にならない程度に皮肉を言い、かえって相手を引き立てる。そして話を巧妙に誘導して、自分の作っているオーガニック・コスメの話題に持っていく。

やがて、シャーロックが戻ってきた。

「おかえり、シャーロック」と声を掛ける。「今日は参ったよ。自転車の乗りすぎで、脚が酷いことになっているよ。既に限界だから、これ以上酷使したらまた杖のお世話になるかもしれないぐらいだ」

だがシャーロックの反応は微妙で、「ああ」とそれだけで、肘掛け椅子に腰を下ろした。彼の性格からして「ご苦労さま」と言ってくれるとは期待していないが、彼の代理で行ってきたのだから、もう少し興味を持って聞いてくれてもよいのではないか。

どうにも様子がおかしいので、彼の顔をまじまじと見つめているうちに、目に留まったことがあった。彼の右の唇の端が、切れていたのである。血は既に乾いているようだったが。

「シャーロック、その唇、どうしたんだ。ケンカでもして、殴られたのか」

「やれやれ、やっと気付いたか」と、シャーロックはにやっと笑った。「このままずっと、気がつかないままかと思ったよ。君の目は節穴みたいなものだからな」

わたしは少々、むっとした。

「今、ちゃんと気が付いたじゃないか」

「遅すぎるよ。ぼくだったら、君が怪我をしていたら一瞬でそれを見て取るだけでなく、その原因まで全て把握するがね」

頭の中で、わたしはその状況をちょっと想像してみた。

「うん、確かにそうだな。ちょっと、医者に見せてみろ」

痛む脚で必死に立ち上がって彼の近くへ行き、顎をつかもうとしたが、避けられた。

「別に治療が必要なほどじゃない」

「心配してやってるのに。……で、ケンカでもしたのかい」

「まあそうだな、ケンカみたいなものだ」

「君は今日、どの事件の調査をしていたんだっけ。ここのところ立て続けだったから、僕にも分からなくなってしまった」

「ああ、『ジョン・ヴィンセント・ハーディン事件』だよ。ぼくが使っているようなニコチン・パッチを作っている医薬品会社の社長が、奇妙な迫害を受けた事件だ。だが、目星を付けていた犯人が勝手に自白してくれたおかげで思ったより早く用事が済んだのと、自分がいる場所からイースト・ダルウィッチが近いことに気がついてね。せっかくだから、ヴィオラ・スミスの家の辺りで少しばかり聞き込みをすることにしたのさ。もちろん、午後の話だから、君もヴィオラもとっくにいないが」

「その頃は、とうにスタジオだな」

「まずぼくは携帯で検索して、近所のパブを探した。地元の噂話を拾うなら、昔も今もパブに限るからね。企業の社長から飲食店の皿洗いに至るまで、ありとあらゆる階層の話が聞きだせるはずだ。調べたところ〈飛び跳ねるカワウソ亭〉というのがヴィオラの家から一番近かったので、そこへ足を運んだのさ」

「〈飛び跳ねるカワウソ亭〉……なんとなく前を通った覚えがあるな。その名の通り、カワウソを描いたパブサインの店だよな？」

「ああ、そこだ。ぼくが入ると、まだ早い時間なのに、既に先客がいたよ。ぼくはカウンターに陣取ってエールを頼み、いかつくて額に八の字を寄せた主人に話しかけた。主人は見かけのわりにえらくお喋りでね。まあ、ぼくには最初からそのことが分かっていたが。エールを注文した際に『どちらから？』と尋ねてきたり、ジョッキを寄越した際にもじっとこっちを見て視線が合って話しかけるタイミングを計っているのが見て取れたからね。だからぼくが水を向けると、ぺらぺらと話してくれたよ。ヴィオラ・スミスは有名人だから地元の誇りだ、というところからね。ヴィオラ自身も、ときどき立ち寄るのだそうだ。それで、彼女は仕事の話をすると、華やかな職業に見えるだろうけど結構大変で——と愚痴をこぼしていたという。家族構成を聞くと、ラファエルという弟と二人暮らしだと教えてくれた」

「その弟なら、彼女を迎えに行った際に、ちらっと会って挨拶したよ」

「ぼくも会って、挨拶されたよ。……拳でね。この怪我は、その証《あかし》だ」と、シャーロックは片方の口角を上げて笑った。

「ええっ。そりゃまた、どういうことだ」

「パブの主人が、喋っている途中で突然口をつぐんでね。その瞬間に後ろから肩を叩かれたので振り向いたら、いきなり殴られたんだ。避ける間もなかった。で、その殴ってきたのがラファエル・スミスでね。顔の造作の類似、同じコスメの香りで、ヴィオラと家族だということは一目で見て取れた。彼は激高して、喚きまくってたよ。『ヴィオラを追い掛け回してるストーカーは貴様だな』って。怪しい男――ぼくのことだ――が姉について情報収集しているのを見かけて、誤解したんだな。二発目を殴って来ようとしたが、ぼくは日本の格闘技を身に付けているからね、それを受け流したのみならず、その腕を摑んで投げ飛ばしてやったよ」

わたしはシャーロックの部屋の壁に、わたしには読めない日本語の書かれた紙が貼ってあるのを思い出した。あれが、その格闘技の免状らしい。

「ラファエル・スミスは、立ち上がってまだ掛かってこようとするから、急いでぼくはヴィオラの依頼を受けて調査をしているコンサルティング探偵だ、と説明した。ラファエルは最初、半信半疑だったが、新聞でぼくの顔写真を見たことのあった主人が、この男はシャーロック・ホームズで間違いない、と保証してくれたおかげで、ようやく信じてもらえた。自分のはやとちりを悟った彼は平身低頭だったが、お詫びに一杯奢《おご》らせてくれと言うのを受け入れ、こちらからも一杯奢ってやると、すっかり愛想よくなったよ」

「それって結果的に、お互いに普通に飲んでるだけじゃ……」

「呑み助ってのは、そういうものさ。論理じゃないんだ。ラファエルは、自分のことを語ってくれたよ。菜園で姉と一緒に自家栽培している。というか、実質的には大半の作業を彼がやっているのだと。ヴィオラにはモデルの仕事もあるから、仕方ないことではあるがね。収穫した植物を原料にしたコスメを〝ヴィオラ〟のブランド名で販売すると、飛ぶように売れるのだそうだ」

「買っている客は、ヴィオラが丹精こめて作ったものだと思ってるだろうに。真実を知ったら、幻滅するだろうなあ」

「それが商売というものだよ。ともあれ、ヴィオラはスポンサーやマネージャーには自転車ストーカーの件を内密にしているが、この弟は知っていることが判明したので、彼に色々と質問してみた。そうすると、もう少し詳しいことが分かったよ。彼には、ヴィオラが心配するからと彼女には言わないようにしていたことがあった。ヴィオラは、自転車ストーカーが途中のどこかで待ち伏せをして、ヴィオラが通ったら追いかけ始めるのだと思っていたようだが、必ずしもそうとは限らないらしい。スミス姉弟の住む家の界隈で、ヴィオラが出かけた直後に見かけたことがあるのだそうだ。つまり彼女の自宅辺りをうろうろして、彼女が出発するとそれを追いかけていたんだ」

「それだと、自宅への侵入とか、深刻な事態にもなりかねないんじゃないのか」

「可能性はある。それ以外にも幾つか話を聞いてね。だいぶ情報が集まってきたよ。さて、君のほうの話も聞かせてもらおうか」

「ああ、いいとも」

わたしは最初から最後まで、今日の出来事を語って聞かせた。シャーロックはずっと何か考え込みながら聞いていた。

一通り報告が終わると、シャーロックは言った。

「ふむ。そっちの話と、こちらの情報とを突き合わせると、真相に近付いてきたようだぞ」

翌日、シャーロックは更に別の事件で走り回り、わたしは病院の仕事に行っていた。わたしが帰宅すると、シャーロックはあちこちに電話をかけているところだった。複数の通話を終えて携帯をポケットにしまうと、シャーロックはわたしに向かってにやりとして、言った。

「明日、ヴィオラ・スミスの事件を解決するぞ、ジョン」

「えっ。僕にはまだ何も分かっていないのに。君は分かったというのかい」

「全てがね。目に見える現象だけでなく、なぜそのようなことが起こったか、という背景まで、ぼくには完全に分かった。明日は自転車に乗らなくていいぞ、ぼくと一緒に来い」

わたしは正直、ほっとした。今日は一日中、脚がひどい筋肉痛だったのだ。

「じゃあ、どこへ行くんだ?」

「それは明日になってのお楽しみだ」

そういうと、シャーロックはウィンクした。


翌日、水曜日。わたしはシャーロックとともに、ロンドンの路上を歩いていた。

シャーロックが、いきなり足を止める。

「よし、ここだ」

そこは、ベルグレーヴ・ロードの歩道だった。

「こんな場所で何をしろというんだ?」とわたしは問うた。

「待っていればいいのさ」

シャーロックは腕時計を見た。「もうそろそろだな。さあ、見ていろ。三、二、一、ゼロ——よし、来るぞ!」

シャーロックの指差した先に、一台の自転車が止まった。それは、とてもよく見覚えのある、黄と黒の警戒色のウェアの男を乗せた、金色の自転車だった。つまり、ヴィオラを追い掛け回していた、例のストーカー自転車だったのである。

わたしはすぐさま駆けつけると自転車に飛びつき、乗っていた男を引きずり降ろした。男を地面に倒して、その上にわたしの体重をかけて、逃げられないように押さえる。

シャーロックが歩み寄ってきて、男のサングラスをはずして放り出し、男の顔をあらわにした。それは――

「こいつは！」と、わたしは思わず驚きの声を上げてしまった。「アレクサンダー・ケネディじゃないか。

この男が自転車ストーカーだったとは、全く予想外だった。しかしヴィオラのライヴァルであるモデルのマネージャーだというのに、ヴィオラに執着するとは。

「くそっ」とアレクサンダー・ケネディは倒れたまま怒鳴った。「ばかな。ここで赤信号に引っかかるはずがないのに！」

ここでようやくわたしは、ロンドン地図、現在位置、そして先日の自転車走行とを頭の中で重ね合わせることができた。いまいるこのベルグレーヴ・ロードは、南ロンドンのイースト・ダルウィッチから北上して北ロンドンのメイダ・ヴェールへ向かう途中の地点。ヴィオラがチルターン・スタジオまで自転車で走るルート上にあったのだ。一昨日はそれどころではなかったので全く見覚えがないが、わたしもここを走っているのだ。

わたしははたと気付いて、シャーロックに向いて言った。

「おいシャーロック、君はどうしてこいつがここに停まると分かったんだ？……一体全体、何をやった」

「なあに、大したことじゃない。ちょっと頼んで、信号を変えてもらっただけさ」

「……マイクロフトだな」

「そういうことだ。彼にとってロンドンの信号を変えることなんて、朝飯前だからな」

わたしたちのやりとりが聞こえたらしく、ケネディは愕然とした表情を浮かべてシャーロックを見つめた。

「俺を捕まえるために、わざわざ信号の色を変えたっていうのか？」

「その通り。ぎりぎりだと突破されて、かえって追いかけられなくなるから、信号無視が不可能なタイミングを計るのは、ちょっと苦労したがね。そうそう、バスにも君の進路をふさぐ形で停まるよう、指示してもらった。まあ実を言うと二重三重に用意がしてあり、ここで君の自転車の行く手を阻めなくても、この後のどこかで絶対に停まってしまうようになっていたんだ。それらのポイントには、レストレードの部下を配置してもらってある」

「俺ひとりのために、そこまで……」

「君のため？　いやいや違う、ヴィオラ・スミスのためさ」

正にその瞬間、自転車が我々の横でブレーキ音とともに急停止した。

「ジョン！　ホームズさん！」

見上げると、それはヴィオラ当人だった。

「捕まえましたよ、ヴィオラさん！」と、わたしは声を掛けた。

ヴィオラは自転車に乗ったまま地面を見下ろし、転がっている男を見て、驚きに目を大きく見開いた。

「アレクサンダー・ケネディ！　ストーカーの正体は、ケネディだったの？」

「そういうことになる」と、シャーロックが彼女の自転車へと歩み寄る。

「ストーカーだと！」アレクサンダー・ケネディは、声を張り上げた。「だって、誘ってきたのはヴィオラの方からなんだ。彼女が僕に接近してきて、気があるのをちらつかせて」

「まあ、大体ストーカーっていうのは、そう主張するよな」とわたしは言った。「嘘をついているわけじゃなく、そう思い込んで」

「思い込みなんかじゃない！　本当なんだ」と、ケネディは金切り声で叫ぶ。こちらの耳が痛くなる。

「ええい、うるさいな」わたしは彼を更に強く押さえつける。ケネディは、悲鳴を上げた。どちらにしてもうるさい。

するとシャーロックが言った。

「ジョン。その男は嘘をついていない」

彼の意外な言葉に、わたしは思わず「えっ」と驚きを声に出してしまった。「なに言ってるんだ、シャーロック」

「彼は本当のことを主張しているんだよ。嘘でもなければ、妄想でもない」

「ちょっと待ってくれ」わたしの頭は、完全に混乱していた。「それって、どういう意味……」

「全く」とシャーロックは溜息をついた。「君は本当に理解が遅いな。ヴィオラが、アレクサンダー・ケネディを誘惑した。ケネディは、それに応じた。だがヴィオラは、自分から誘っておいて突き放した。だからケネディは彼女を追い掛け回した。そういうことさ」

「そうだ!」と、ケネディが叫び、

「違うわ!」と、ヴィオラが叫ぶ。

この時点では、わたしは後者の主張に与《くみ》していた。

「そんな馬鹿な。それなら、自転車で二度追い抜かすなんてことをしたのはなんでだ？」

「ヴィオラが」とケネディは言った。「『わたしは強い男性に弱いのよ。自転車でわたしを抜かせるような、それも繰り返して抜かせるほどの』って言ってたから、実行したんだ」

わたしの頭は混乱し始めた。

「ヴィオラは何のためにそんなことをする必要がある？」

これには、シャーロックが答えた。

「ストーカー被害に遭っていれば、ベイカー街221Bに依頼のため訪れることができるからさ。そしてそれが謎めいたストーカーであれば、ぼくが事件を引き受けるからだ」

「君のところへ行って依頼を引き受けてもらうのが目的だったっていうのか？」

「それは正しくもあり、間違ってもいる」

「それじゃ分からん。もっと分かりやすく言ってくれ」

「正確にはぼくではなく君が目的だった。そういうことさ。ヴィオラは、君に護衛をして欲しかったんだよ。新聞や、それこそ君のブログのおかげで、探偵シャーロック・ホームズが現在多忙を極めているということは知れ渡っていた。だから彼女は、そのタイミングを狙って、ぼくたちのところを訪ねて来たんだ」

「だって……最初にシャーロックではなく僕が行くということになったら、彼女は残念そうにしてたじゃないか」

「そこが彼女の抜け目のないところでね。彼女がネットやテレビの番組に出演しているということを忘れちゃいけないよ。あれは、目論見どおりに君に護衛をしてもらえることになって大喜びしているのを悟られないための、狡猾な演技だったのさ」

シャーロックはポケットに手を突っ込むと、何かを引っ張り出した。

「これを見れば、一目瞭然だよ」

「わたしの携帯！」とヴィオラが叫ぶ。「いつの間に？」

「さっき君に近付いた時に、自転車バッグから掏《す》らせて頂いた。これの画像ファイルに……」

「ロックがかけてあるわよ」

「なに、そんなものは僕の前ではないにも等しい。ほら、あっという間に解除できたよ。ジョン、これを見てみたまえ」

シャーロックが、ディスプレイをこちらに向けた。それを目にして、今度はわたしが叫ぶ。

「僕の写真！」

それは確かにわたしの写真だった。それも、裸のわたしの尻を写したものだったのだ。

「こ、これは……」

周囲の光景で、いつ撮られたものか判った。これは以前、シャーロックに頼まれて潜入捜査をした時に盗み撮りされたものだ。

わたしは無意識に手を伸ばしてその携帯を摑もうとしたが、シャーロックはひょいとかわして、指で操作した。

「まあ待ちたまえ。他にも色々あるぞ。例えば、これだ」

シャーロックが再び見せたディスプレイには、わたしを写した写真が幾つも表示されていた。ベイカー街２２１Bのドアを出てきたものもあれば、その横のカフェ前を歩いているものもあった。わたしは全くカメラを意識しておらず、いずれもいかにも盗み撮りしたような構図のものばかりだった。ベイカー街ばかりではない。他の場所でのものもある。聖バーソロミュー病院の待合室、わたしの勤める病院の前、そして大胆にもスコットランド・ヤードの近く……。

「動画もあるぞ」とシャーロック。

見覚えのある部屋で、服を脱ぎ始めて、着替えをするわたしの動画だった。着替え終わると、わたしはサイクリング・ウェア姿になっていた。これはヴィオラの家でのことだ。

動画が切り替わり、今度は浴室だった。シャワーを浴びているのは、わたしだった。これは戻ってからの出来事だ。

「あの家には、隠しカメラが設置されていたのか……」

「彼女は確かにストーキングされていたかもしれないが、彼女自身も君のことをストーキングしていたんだ」とシャーロック。「それから、こんなのもあるぞ。ほら」

今度は上半身裸の画像で、わたしはまた声を上げるところだったが、寸前に気がついた。これは、わたしの写真ではなかったのだ。

「他にもまだいるぞ」

次々と、男の写真が表示されていく。同じ男のものが何枚か続くと、別な男になる。更には、女性の写真もあった。盗撮画像、もしくは肌も露わな画像。

「おや、ヴィオラはバイセクシャルだったらしい。そして彼女は、ある意味『コレクター』だったようだな。ストーキングを繰り返し、最終的には狙った相手を陥落させ、自分のものとすると、次の相手をコレクションしたくなる。ジョン、君は彼女の次の『獲物』として狙われていたんだ。もてあそばれた上に捨てられる運命のね」

「もてあそび、なんかしないわ」と、ヴィオラ。「対象が変わっていくだけで、わたしはいつでも真剣よ」

その言葉は、結局はシャーロックの指摘を肯定するものだった。それでも彼女は、堂々と胸を張った。

「でも、わたしは別に、実質的にはなんにも悪いことはしてないわよ。誰からも非難されるいわれはないわ」

「どうかな。ストーキングは犯罪だ。それに、ことが明らかになった今、君がストーカー被害を受けても、相手のせいばかりにはできなくなるよ。ぼくはこの経緯を、スコットランド・ヤードにきっちり報告しておくからね」

「別に平気よ」

「これを聞いても、本当に平気かな。そこにいるアレクサンダー・ケネディ、今のところは自転車で君を追い掛け回しているだけだが、今後、エスカレートしないとは限らない。何せ彼は若い頃、離婚しようとした元妻を半殺しにして、有罪判決を受けたことがある人物だからね」

ケネディが、びくり、としてシャーロックを凝視した。

「どうしてそれを。名前を変えたのに」

「おいおい、見くびってもらっちゃ困る。ぼくは世界で唯一のコンサルティング探偵だぜ。別な名前を使って過去を隠したって、ぼくのやり方でちょっと調べればすぐに判ることだ。……ヴィオラ、君はよりにもよって、そんな人物を挑発してたんだぞ」

ヴィオラの美しい顔が歪んだ。

「そんな。わたしはちょっと、ジョンに護衛してもらうために、追い掛け回して欲しかっただけで……」

「彼の元妻は、たまたま巡回の警官が通りかからなかったら、殺されてたかもしれない状況だったそうだ」と、シャーロックが付け加える。

ヴィオラは、それまでとは違う何かを見る目で、アレクサンダー・ケネディを見た。

ケネディは、まばたきもせずにヴィオラを見返す。

奇妙な沈黙の後、ヴィオラが言った。今度は、先ほどまでの勢いはどこへやら、という口調だった。

「……あの、すみません。もうこれまでのようなことは二度としませんから、この人をわたしに接近させないよう、スコットランド・ヤードに言ってもらえませんか？」

「さて、どうしたものかな」とシャーロック。わたしにだけ見えるようにウィンクをする。

結局、アレクサンダー・ケネディがストーカー行為を行なっていたことは確かなので、別な地点に待機していたヤードの警官を呼び寄せて引き渡した。ヴィオラについては、盗撮の疑いがあるとして取調べを受けることになった。携帯に入っていた写真がその証拠だが、彼女の自宅も捜索されることになるだろう。

ベイカー街221Bに戻ってようやく寛いだところで、部屋着の上に青いドレッシング・ガウンという姿になったシャーロックは言った。

「ジョン、きみをヴィオラの護衛につけたのはぼくだが、一緒に『自転車で』走るように言ったのはヴィオラだということを忘れないでくれ。あれは彼女にとって一石二鳥だったんだ」

「一石二鳥？　そのひとつめは？」

「純粋に、君を鑑賞することとさ。途中から、スピードがどうとか理由を付けて、君を先に走らせたんだろう？　それは後ろから、君の尻の筋肉を眺めて楽しむためだったんだ」

女性から熱い視線を送られるのは嫌いではないが、そのように聞かされると、なんだか複雑な気分になった。

「もうひとつは？」

「アレクサンダー・ケネディに、君の存在を見せ付けること。そうすれば、ケネディはますますストーカーらしく行動するだろうからね。そして彼女の言が裏付けられ、更に君に護衛してもらえる」

「……やれやれ、彼女にしっかりとお灸を据えてくれて、助かったよ、シャーロック。『コレクション』の対象になるのは、勘弁だ」

「なに、当然さ」と、さっそく顕微鏡で何か新たな分析を始めたシャーロックは、接眼器から顔も上げずに応えた。「君をもてあそんでいいのは、ぼくだけだからね」

「おい、シャーロック！」

「君には、ぼくの相手をすることによってぼくの推理を磨き上げるという、重大な任務があるんだから」と、シャーロックは全く悪びれた様子もなく言った。

わたしは、ふと気付いたことがあった。

「シャーロック。そういえば君は、今回は珍しく前金で調査料金を請求していたな。あれはもしかして、真相が判明してからだともらいそこなうことが判っていたからじゃないのか。……君は、最初から彼女が怪しいことを知っていたな」

「なんとなくね。全てが判っていたわけじゃない。だが、彼女が何かを隠していること
は、その態度から察しがついていた」

「それなのに、僕には何も教えずに彼女の護衛を命じたのか」

「君には普通に振る舞ってもらわないといけないからな。スタジオ見学ができて、楽し
かっただろう。まあ、結構な収入にはなったわけだから、後でうまいものでも食いに行
こう。奢《おご》るぞ」

彼なりの埋め合わせということか。

「当然だ。……手伝ってもらったマイクロフトはいいのか」

「彼はいつでもうまいものを食べてる。その必要はないさ」

「よし。じゃあどこへ行くかはぼくが決める」

「いいとも」

ふと気付くと、テーブルの上に雑誌が広げてあり、そこにはレストランを紹介した記
事が掲載されていた。……この会話をすら見越した、シャーロックの仕業に違いない。

乗ってやることにするか。

「それじゃあ……」

The Three Terribles

ジョン、三恐怖館へ行く

コンサルティング探偵シャーロック・ホームズと共に体験した冒険はこれまでにもブログにUPしてきたが、まことに奇妙で不可思議なものばかりだった。しかしここに紹介する「三恐怖館事件」ほど、唐突かつ劇的な始まり方をしたケースはないだろう。

その日のシャーロックは、なぜか非常に上機嫌だった。わたしがベイカー街221Bの部屋に上がってくると、彼は室内を跳ね回っており、ピルエットすら回ってみせかねない様相だった。

わたしに気付くと、彼はくるりと身を翻して向き直った。

「やあ、ジョン、いいところに！……おっと君の今日の患者はガソリンスタンドの従業員だったようだな。酒の飲みすぎで肝硬変、気をつけないと余命わずか。アルコール中毒者のための断酒会まで紹介してきたか」

「……絶好調だな、シャーロック」

「そりゃあ調子も良くなるってもんさ。まあそこに座れよ」

そう言ってわたしの両肩を摑《つか》むと、椅子のひとつに押し込んで座らせた。彼自身も椅子に腰を下ろし、改めて口を開きかけた——その瞬間だった。

どかどかと荒っぽい足音が、階段から響いてきた。その足音の向こうから、ミセス・ハドソンの「あらダメよ、勝手に上がっちゃ！　ねえ、ちょっと！」という声が聞こえた。

そしていきなり、部屋に訪問者が飛び込んできたのである。客というよりも、「筋肉の塊」というのがわたしの第一印象だった。巨漢の白人で、肩はアメフトのプロテクターでも着けているのかというほどがっしりとしており、胸板もやたらと厚く、腕は丸太のように太い。ジャングルの王者ターザンやコナン・ザ・バーバリアンの新作映画を製作するなら、十分に主役候補になれるだろう。

巨漢は、わたしたちを順番に睨みつけ、威圧するように言った。

「どっちがシャーロック・ホームズだ？」

出鼻をくじかれたシャーロックは、機嫌を悪くするかと思いきや、どうやらこのシチュエーションを楽しんでいるらしかった。彼は口元を歪めて笑みを浮かべ、無言で手を上げた。

「ほう、じゃああんたが例のおかしな帽子の名探偵さんか！」と、巨漢はシャーロックへと歩み寄った。「じゃあ、言っておこう。余計なことに、首を突っ込むんじゃねえ。いらぬ手出しをすると、痛い目を見るぞ」

巨漢は拳を握って肘を曲げ、上腕をシャーロックの眼前に突き出して見せる。ぼっこりと、力瘤が盛り上がった。そこにはバーコード模様の、刺青が入っていた。

シャーロックは、それを冷静に観察し、述べた。

「上腕二頭筋の太さが平均的成人男性の二倍ある。プロテインだけじゃこうはならないから、筋肉増強剤を使っているな。その歳でニキビがあるから、ステロイド注射だろう。ステロイドを使いすぎると睾丸が縮小化するぞ。いや、もう既にしているかな？」

彼の言葉に勢いを削がれたのか、それともわたしが武器になりそうなものを探しているのに気付いたのか、巨漢は声のトーンを少し落とした。

「とにかく、警告はしたぞ。ハロウの一件を嗅ぎ回るんじゃねえ。回りくどいあんたの頭でも、そう言えば分かるだろう。お前が鼻面を突っ込んできやがったら、俺が相手をすることになる。分かったたな」

「ほう、お前が対戦してくれるというのか」とシャーロックは言った。「ぼくはこれでもバリツの免状を持っている。是非ともお願いしたいね。……お前、職業柄すごく汗をかくから、体臭を気にしているだろう。だがいくらなんでもオーデコロンのつけすぎだ。しかもすぐなくなるからと安物を使っているな。お前のオーデコロンの匂いはぼくの好みじゃないから、椅子にお座り下さいと言うつもりはないが――お前は総合格闘家のスティーヴン・ディクソンだろう？」

「……あんた、俺のことを知ってるのか？」

「ああ、よく知ってるとも。グレイシー柔術の使い手で、得意技は腕拉《ひし》ぎ十字固め。公式戦では十戦四勝四敗二引き分け。だが公式戦以外での方が活躍しているようだな。プライベートではブロンドの女と付き合っているが、赤毛女とも浮気している。先日もチャーターハウス街のナイトクラブ〈ファブリック〉の前でイヴァン・パーシヴァルが暴行を受けて死亡した事件では……おや、どうした。顔色が悪いぞ」

確かに、シャーロックの話がチャーターハウス街に及んだ途端に、スティーヴン・ディクソンの顔から血の気が引いていた。

「あ、あんた、パーシヴァルの何を知ってるってんだ。俺はあの件にゃ関わってねえ。バーナバスからパーシヴァルにヤキを入れる手伝いをしろとは命令されたけど、俺は手を下しちゃいねえ」

「まあ、確かにお前はそんななりをして肝っ玉は小さいから、実際に殺しをできるようなタマじゃないな。今回のように脅し役がせいぜいだ。そうだろう？」

「わ、わかってんなら……」

「わかってるから、正直に言え。今日、お前がここに来たのは誰の差し金だ？」

「俺に命令できるのはバーナバスしかいねえよ。バーナバス・ストックデイルだ」

「その陰で、バーナバスを操ってるのは誰だ」

「そ、そこまでは知らねえんだ。バーナバスから携帯に電話がかかってきて『おいスティーヴン、ひとっぱしりおかしな帽子の探偵屋のところへ行って、ハロウの一件に首を突っ込んだら痛い目を見るぞ、と脅してこい』と言われて。あいつだけにゃ、逆らえねえんだ。本当にそれだけだよ」

どうやらこのスティーヴン・ディクソンという男、脳味噌まで筋肉でできているタイプの男のようだ。これ以上質問されては困ると言わんばかりに、入ってきた際と同じように唐突に部屋を飛び出して行ったのである。わたしは啞然としてその後姿を見送っていたが、シャーロックはくすくすと笑い始めた。

「あいつはがたいこそデカいが、おつむのほうはからっきしなんだ。格闘で、頭に衝撃が与えられ過ぎたのかもしれないな。チャーターハウス街の事件でも、手は下していないにしても、命令されて見張り役ぐらいはやっていた可能性はある。あいつはバーナバス・ストックデイルという悪党の言いなりでね。このバーナバスというのが、悪事を働く連中の親分なのさ。ああ、もちろん悪党の親分と言っても、モリアーティみたいな話じゃないよ、安心しろ。しかしぼくがいま一番興味のあるのは、今回、バーナバス・ストックデイルの陰にいる奴のことさ」

「だけど、どうしてあいつは君を脅しに来たんだ?」とわたしは正直に疑問を口にした。

「あいつが言っていただろう、『ハロウの一件』って。スティーヴンをここに寄越してまで、ぼくに乗り出されては困る何者かがいるってことさ。ぼくはますます興味がわいてきたぞ。暗躍しているのが何者にせよ、そいつのやったことは逆効果だったね」

「それ、僕はまだ聞いてないぞ。いつ依頼されたんだ」

「ついさっきだ。君にその話をしようとしたところへ、あのステロイド筋肉男が飛び込んできたのさ」

わたしは、部屋へ入った時のシャーロックの様子を思い出した。彼が上機嫌だったのは、面白そうな事件が舞い込んだからだったのだ。全く、分かりやすい奴である。

シャーロックはラップトップの画面を開き、わたしの方に向けた。

「ほら、これがストロという弁護士が仲介して送ってきた、ミセス・メイバリーのEメールだ。ジョン、このあと君も一緒に来てくれるというなら返信を送って、すぐにでも出発することにしたいんだがね」

わたしは向けられたディスプレイに並ぶ文字を読んだ。

――シャーロック・ホームズ様。

わたくし、ミセス・メアリアン・メイバリーと申す者です。

実は近頃、わたくしの屋敷で奇怪な出来事が発生しておりまして、是非ともご相談致したく、連絡させて頂きました。

シャーロック・ホームズ様のご活躍は、ジョン・H・ワトソン博士のブログにて、拝読しております。ホームズ様ならば、この怪事件を必ず解決して下さるものと信じております。

亡くなった主人のマードックも、その昔ホームズ様のお世話になったことがございます。

何卒、よろしくお願い申し上げます。

ハロウ・ウィールド　三破風館

「情報はこれだけなんだが」とシャーロックは言った。「奇怪な出来事！　ちょっと興味をそそられるじゃないか」

ここのところシャーロックのもとへ舞い込む事件が途切れており、ニコチン中毒以上の事件中毒である彼は、ずっといらいらしっぱなしだったのだ。今回の一件は、餌にありついていない動物の前に食べ物をぶらさげたようなものだった。

「さあジョン、暇なら君も一緒に来い。『今からそちらに向かう』と、返信するところだ。どうする？」

この状況で「どうする」と言われれば、「もちろん一緒に行くとも」と答えざるを得なかった。何より、わたし自身も興味をそそられていたのだ。

ベイカー街駅から、地下鉄メトロポリタン線に乗って西へ向かう。車両はフィンチリー・ロード駅でトンネルを出て、地上を走った。窓の外の眺めがどんどん郊外の風景となっていく。ハロウ・オン・ザ・ヒル駅で下車し、そこでタクシーをつかまえ、目的地まで行く。

タクシーに乗車した際にシャーロックが「ハロウ・ウィールドの三破風館へ」と運転手に言うと、運転手は「ああ、三恐怖館ね。わかりました」と答えて発進した。

もちろん、シャーロックはそれを聞き逃さなかった。

「三恐怖館？　それはどういうことだ」と、身を乗り出して問うた。

「ああ、あの屋敷は呪われてやしてねえ。過去に三回も悲劇的な出来事があって、そのたびに人が死んだんすよ。先の二人も幽霊が出るって噂にはなってたんですが、三人目の幽霊が目撃されて、それ以来、地元の人は『三恐怖館』と呼ぶようになったんす」

「ほう。それはますます面白くなってきたな」

シャーロックはシートにもたれると、両手をこすり合わせて笑みを浮かべていた。

やがてタクシーは、レンガと木造りの古めかしい屋敷の前で停まった。

「着きやしたよ、お客さん」

料金を払って降りた我々の前に三破風館、いや三恐怖館がどっしりと建っていた。確かに、建物上階の前面、窓のアーチの上に鋭く三角形に突き出した破風《ゲーブル》が、三つ並んでいるのが目を引いた。三つの恐怖《テリブル》とは、これからまみえることになるのだろうか。

玄関で若いメイドに迎えられ、奥に案内された。ミセス・メアリアン・メイバリーは、かつてはたいそう美人だったろうと思える、今でも魅力たっぷりの初老の女性だった。

ほっそりとした体型を維持しており、振る舞いも上品である。

彼女は喋る時に両手を合わせる癖があり、まるで少女のようだった。

「ようこそお越しくださいました、シャーロック・ホームズさん。ちょっと脚を悪くしておりますので、都心へ出るのもおっくうで。こちらまでお運び頂いて、本当に助かりましたわ」

わたしも一時は脚を引きずって、杖が頼みだったから彼女の気持ちはよく分かった。

「どういたしまして」とシャーロックは答えた。「たいそう魅力的な事件を提供頂いて、こちらこそお礼を言いたいところです。ご主人のマードック・メイバリー氏のことは覚えていますよ。ずいぶんと以前のことですが、ぼくがささやかながらお役に立ちました」

「ささやかだなんて、とんでもない。あの時は非常にお世話になったと、主人もかねがね申しておりました」

わたしはシャーロックに尋ねた。

「ちなみに、マードック・メイバリー氏には何をしてあげたんだい」

「以前、この界隈で連続して家畜が殺害される事件が発生してね」とシャーロック。

「いずれも、鋭利な刃物で切り刻まれていた。この屋敷の居間の壁に刃物のコレクションが飾られていた、と証言した者がいたばかりに、マードック・メイバリー氏が容疑者になったんだ。ぼくは彼が犯人であることはあり得ないと、証明してあげたのさ」

「どうやって？」

「マードック・メイバリー氏は血を見るのが苦手でね。見た途端に卒倒してしまうのを、実演してみせたのさ。つまり、彼には犯行が不可能だったんだ。彼が小心者であることが明かされて評判は下がったが、少なくとも犯人ではないことは立証されたんだ」

「おかげさまで」とミセス・メイバリーは言った。「夫はその後病気で亡くなりましたが、晩年を幸せに過ごすことができました。ですが、息子のディミトリアスは、不幸でした。一昨年、まだ二十代後半だったというのに、わたしよりも先にこの世を去ってしまったのです」

「なんと。それは残念なことでした」とシャーロック。「元気な青年だったのに」

「ええ、本当に元気だったのに、突然のことでした。この屋敷も、あの子が生きていた頃は陽気な雰囲気だったのですが、ディミトリアスがいなくなってからは、すっかり火が消えたようになってしまいました。この屋敷に、破風が三つあるのはご覧になりましたか。そのために『三破風館』という名がついております。ですが、今では誰もその名で呼びません」

「もうすっかり『三恐怖館』の方が定着してしまいました。そこに、ディミトリアスの幽霊が出るという噂まで流れたものですから。噂だけなんですのよ。わたし自身は、ディミトリアスの幽霊ならお願いして出てきて欲しいぐらいなのですが、残念なことにまだ目撃していないのです」

「『三恐怖館』、ですね」

「もうご存じでしたか」

「タクシー運転手が、親切にも教えてくれましたよ」

ミセス・メイバリーは溜息をついた。元々、幽霊が出没するということで有名ではあったのです。

わたしはメモをしながら質問した。「この屋敷は幽霊が出るだけでなく、悲劇的な出来事に何度も襲われてきたとか」

「はい」とミセス・メイバリーはうなずいた。「そもそもの始まりは、百年以上前になります……」

そして彼女は、以下のような話を語った。

――二十世紀初頭のエドワード朝に、この屋敷で夫の祖先のダグラス・メイバリーという人物が死亡しました。ローマ大使館に勤めていて、まだ若くてとても元気だったのに、ある時から急に生気を失い、最終的に死に至ったそうです。それが、呪いの始まりです。

　次は、二十世紀の半ば、ドゥエイン・メイバリーです。伝えられるところによると、ある日ドゥエインが書斎にいたところ、ダグラス・メイバリーの幽霊が出没したというのです。ドゥエインは恐ろしさのあまり心臓が止まってしまったのですが、これはダグラスがドゥエインを死の世界に連れて行ったのだ、と言われています。このドゥエインの息子が、わたくしの夫マードックなのです。その後、屋敷ではダグラス・メイバリーとドゥエイン・メイバリーの幽霊が目撃されるようになりました。

　そして三つ目の悲劇はごく最近で、一昨年のことです。つまり、わたくしの息子ディミトリアス・メイバリーを襲った悲劇です。ディミトリアスは旅行代理店に勤務し、飛行機で世界各国を忙しく飛び回っていましたが、作家志望でした。旅行代理店の仕事に就いたのは、様々な土地を巡って紀行文を書きたかったからです。

　ですが彼は、ある時突然に仕事を辞めてしまいました。驚いたわたしが理由を尋ねても、教えてくれなかったのです。

　ディミトリアスは、旅行代理店を辞めてからは部屋に閉じこもっていました。食事も部屋でとっていましたが、室内には誰も入れないので、メイドにドアの前まで運ばせるようにしていました。ずっと何か書き物をしている様子でしたので、本格的にプロの作家を目指すために勤めを辞めたのかと思い、少し安心しました。ところが、あの子はどんどん元気を失い、弱っていくではありませんか。わたしの心配も空しく、最終的には衰弱死してしまったのです。

子どもはディミトリアスひとりでしたから、わたしは家族が全くいなくなり、ひとりきりになってしまいました。わたしの悲しみは、言葉では言い表せないほど大きなものでした。

わたしが悲しみに打ちひしがれておりますと、今度は新たな噂が聞こえてきました。ディミトリアスの幽霊が出没する、というのです。なんでも、夜にこの屋敷の前を通りかかると、ディミトリアスの部屋に明かりが点いており、それを背景に息子の姿が見える、ということでした。

そんなこともあり、ここに住んでいるとディミトリアスのことを思い出してばかりで、いつまでもくよくよしてしまいます。ですので、わたしは思い切って屋敷を売却する決心をしました。生活を一新するつもりで、家具付きで売ることにしたのです。幽霊が三人も出る、ということで、幽霊屋敷愛好家が見学に来たりしましたが、値段が折り合わず、契約には至りませんでした。

そして先日のことです。とある顧客の代理人としてこの屋敷を買いたいと、不動産業者が連絡をしてきました。その不動産業者はヘインズ＝ジョゼフという人物で、屋敷を訪ねてくると、見て回りもせずに値段の交渉を始めました。最初から、買い取る前提で全権委任されているというのです。わたしはほっとしました。そのヘインズ＝ジョゼフは、用意周到にも売買契約書を持参しており、今すぐサインしてくれ、そうすればすぐにでも代金を支払うから、と言いました。

ですが、いくらなんでもその場で、というわけにはいきません。契約書は置いていってもらうことになりました。翌日、長年メイバリー家の顧問弁護士を務めてくれているアルフィー・ストロ氏を呼んで、その契約書を見てもらいました。ストロ弁護士は、契約書に目を通すと、眉をひそめて言いました。

「奥様、この契約書はずいぶんとおかしなものですが、お分かりになってらっしゃいますか？　この書類はこちらの屋敷を『丸ごと』買い取るということになっておりますが、その丸ごとという定義が、屋敷にあるもの全てということになっているのです。ですから、もし奥様がこの書類にサインをなさると、パソコンはもちろん、奥様の宝石箱や、重要な書類のたぐいまで、全く何も持ち出せないことになってしまいますよ」

わたくしとしては「家具付きで売却する」というつもりで、不動産業者にもそのように申し上げました。ですから、業者が用語の使い方を間違えたのだな、と思いました。そこで、本契約を交わすためにやってきた不動産業者のヘインズ＝ジョゼフにその旨を伝え、契約書を訂正してくれるように言いました。

するとヘインズ＝ジョゼフは、意外にもこう答えたのです。

「いえ、その契約でよいのです。この屋敷の何もかも、一切合財を買い取りたいのですから」

「それは困りますわ。メイバリー家に伝わる宝石類だってございますもの。第一、着ている服以外の衣装すら、持ち出せないわけですの？」

ヘインズ＝ジョゼフは言葉に詰まり、少々考えてから再び口を開きました。

「……そうですな。ミセス・メイバリー、貴女の身の回りの品々につきましては、多少の譲歩はすることに致しましょう。持ち出したい物がございましたら、その品目をお知らせ下さい。こちらで、全て確認した上で許可致しますので。買い取りをご希望のお客様は、このお屋敷の現在の中身も含めて、全体が気に入られたのです。ですから、その状態で全てか、それでなければ買わないか、どちらかだとおっしゃっています」

これには、さすがのわたくしもかちんときました。譲歩とか、許可とか、まるでこちらがお願いするみたいじゃありませんか。それに、何だかおかしなことだと不信感も抱きました。わたくしは息子のこともありましたから、最近、この屋敷に人を招いておりませんでした。ですので、「屋敷の現在」の状態を知っているなどという人に全く心当たりがなかったのです。

ヘインズ＝ジョゼフの申し出た金額ほどではないにせよ、他に買い手が見つからないわけではありません。ですから、わたしはこう申し上げました。

「では、このお話はなかったことに致しましょう。家を売ってもいいとは思っていますが、愛着のある全てのものを手放そうとは考えておりませんので。どうぞお引き取りを」

ヘインズ＝ジョゼフは慌てて取引を継続しようと条件の変更を申し出てきましたが、それは買い取り金額を上げるものではあっても、中身まで丸ごと屋敷を買い取るという部分については譲歩してきませんでした。何やら昔の石板みたいな機械――タブレット端末というのですか？　あれをいじって計算をしていましたが、増額した買い取り金額を提示するばかりでした。

わたしが「これ以上お帰りにならないなら警察を呼びますよ」と電話に手を伸ばすと、ようやく重い腰を上げましたが、しつこく「またうかがわせて頂きます」と言い残して去ったのです。出て行った後でわたしが窓から外を見ると、ヘインズ＝ジョゼフは携帯でどこかに連絡をしていました。話の中身までは聞こえませんでしたが、誰かに報告をしていたような様子でした——。

ミセス・メイバリーの話が終わるや、シャーロックは質問を発した。

「この屋敷に何か貴重品はありませんか？ オラース・ヴェルネの描いた名画とか、シェイクスピアのファースト・フォリオとか？」

「ございませんねえ」

「では宝石は？ ボルジア家の黒真珠とか、青い紅玉とか」

「生憎《あいにく》と、そういうものもございません」

「では、息子さんの持ち物で、何かネットオークションなどで値段のつきそうなもの……限定版のフィギュアとか、日本のマンガの原画とか、そういうものは見当たりませんか？ あなたには、ただのガラクタに見えそうなものでも」

「ディミトリアスにそういう趣味はありませんでしたのよ」

「息子さんは作家志望でしたね。原稿を綴《と》じたものとか、残っていませんでしたか」

「それはわたしも探してみましたが、残念ながらありませんでした」

「パソコンは？」

「彼のラップトップを専門家に見てもらいましたが、短い紀行文が幾つか出てきたものの、特に変わった内容ではありませんでした」

「そうですか。ですが、ヘインズ＝ジョゼフという男の提示からして、謎の『買い手』は、この屋敷そのものではなく、屋敷の中にある『何か』を欲しがっているんですよ。あなたご自身はお持ちでらっしゃることに気付いておらず、そしてそれが何であるかが分かれば、決して手放そうとはなさらないようなものなのだと思います」

「なるほど、それは道理だ」とわたしは言った。

「ミセス・メイバリー」とシャーロックは続けた。「現在この屋敷にあなた以外に住んでいるのは？」

「住み込みのメイドのスザンヌだけです。よく気のつく、いい子ですよ」

わたしは玄関からここまで案内してくれたメイドを思い出した。彼女がそのスザンヌだったか。

「そうですか。では、屋敷の中を一通り見せていただきましょう」

我々は、ミセス・メイバリーの案内で、三恐怖館の中を見て回ることになった。

「建物自体は古いわりに、こう言っては失礼ですが、部屋は結構きれいですね」とわたしは言った。

「ええ」とミセス・メイバリー。「ディミトリアスはＤＩＹを趣味にしていまして。ペンキの塗り替えとか、壁紙の張り替えとか、やってくれていたんですのよ」

屋敷の中でも、やはりシャーロックが丹念に見たのは、三恐怖館の名前の由来となった、三つの部屋だった。

まずは「一つ目の恐怖」の部屋。ダグラス・メイバリーの死んだ部屋だ。この部屋は長く使われておらず、清掃こそされているものの、埃っぽい臭いがした。ウィリアム・モリスの植物デザインの壁紙が使われていたが、すっかり煤《すす》けていた。

続いて「二つ目の恐怖」の部屋。ドゥエイン・メイバリーの死んだ書斎。ここは、今でも普通に書斎として使われている。書棚に革装の書物がずらりと並んでおり、古い本の匂いはしたけれども、不快ではなかった。

そして「三つ目の恐怖」の部屋。ディミトリアス・メイバリーの死んだ部屋である。クリーム色の壁で、全体に明るい印象だった。誰かが死んだとか幽霊が出るとか聞かされていなければ、ごく普通の部屋だった。

「ここは、そのままにしてあるんですのよ」とミセス・メイバリー。「もちろん、普段どおりの掃除は、していますけれども」

一回りしたところで、唐突にシャーロックが言った。

「分かりました。事件を解決するための調べ物をしなければならないので、ぼくはベイカー街に戻ります。ですが、この屋敷の中にある『何か』を欲しがっている輩の動向が、気になります。だから今晩は、ジョンに泊まって番をしてもらうことにしましょう」

「な、何？」と、いきなりのことにわたしは言った。「勝手に決めるなよ、シャーロック」

「おや。ミセス・メイバリーを危険の中に残していくなんて、騎士道精神にもとるような真似が君にできるはずがないと思うが。万が一今晩何かあったら、君の良心は一生自分を許せないんじゃないかな」

「くそっ」シャーロックの言う通りだった。「自分は戻るくせに」

「ぼくは、調査をする方がミセス・メイバリーのためになるんだ」

「お願いしますわ、ワトソン先生」と、すがるような目をしてミセス・メイバリーが言った。こうなっては、断れるはずがない。

「ディミトリアスの部屋が空いているから、そこに泊めてもらうといい」とシャーロックが、またしても勝手なことを言う。英国陸軍の軍人として、幽霊が出るかもしれない部屋は遠慮したい、などと言えないではないか。

こんなことなら、軍用拳銃を持ってくれば良かった、と思った。

ディミトリアスの部屋は、比較的最近まで使われていたため、ダグラス・メイバリーの幽霊が出るという部屋よりは生活感があった。隅のほうには、掃除機、アイロン、電気スタンド、延長コードなどがまとめて置かれていた。

またクリケットのバットがあったので、それを借りて手元におくことにした。これなら、武器代わりになるだろう。

シャーロックがひとりで帰った後、わたしはミセス・メイバリーの昔話に付き合わねばならなかった。決してつまらない話ではなかったが、やたらと周辺情報を詳しく話しているうちに、話の本筋が分からなくなってくるのには参った。

更にはミセス・メイバリーと一緒に夕食をご馳走になることになった。どこかその辺のパブで何か食べてきますよ、と主張したのだが「若い男性と食事をする折角の機会を奪わないで下さいな」と言われてしまった。若い男性……ミセス・メイバリーと比べれば、若いのは確かだが。

食後には、ビリヤード室でミセス・メイバリー相手にビリヤードをすることに。

「わたし、これでも昔は結構得意でしたのよ」と言うだけあって、なかなかの腕前だった。

寝ずの番まではしなくていいということなので、部屋に下がったわたしは、適当な時間にベッドに入った。

亡くなった若者のベッドで眠るのに抵抗はないのか、と言われそうだが、戦場でたくさんの死を見てきた身としては全く平気だった。眠れる時に寝ておかないと、次に死に襲われるのは自分になる。わたしはすぐに眠りに落ちた。

深夜、気配を感じて、わたしは目を覚ました。部屋の中に、何かがいるような気がしたのだ。

ディミトリアスの幽霊なのか。

わたしは薄目を開けたまま寝たふりを続けた。

何かが、ベッドへと近寄ってくる。

わたしはベッドの横にクリケットのバットを置いてあるのを思い出した。相手が幽霊だとすれば、バットで対抗できるかは不明だが。その場合、撃退する道具としてはバットよりも聖書の方が相応《ふさわ》しかったのだろうか。

何か、いや何者かは身をかがめ、わたしの上に覆いかぶさった。その時、顔に息がかかるのを感じた。――息をしているということは、これは死者ではない。これは、生きた人間だ。

侵入者は、布団の中に手を突っ込んできた。わたしは瞬間的に身をこわばらせたが、侵入者はわたしの体ではなく、布団の中をまさぐった。何かを、探しているのだ。

当然のことながら布団の中に何も隠されていなかったため、侵入者は手を引っ込めてベッドから離れたので、わたしはほっと一安心した。薄目を開けて確認すると、侵入者は小型のLEDライトで照らしながら、今度は室内を物色し始めた。その時、わたしはどこかで嗅いだ覚えのある匂いを感じた。これは、何の匂いだっただろうか。

侵入者が十分離れたところで、わたしは密かにゆっくりとベッドの横に手を伸ばした。クリケットのバットを探り当て、柄を握り締めた。それを持ち上げると同時に身を起こす。

ここで侵入者が気付いたのか、瞬時にこちらへ振り向いた。わたしはベッドから飛び降り、バットを構えつつ侵入者の方へじりじりと進んだ。侵入者は身構えたが、銃やナイフなどの武器を取り出す様子はなかった。

「貴様。何者だ」と問いかけたが、もちろん返事はない。

間合いを詰め、ここだというところで思い切りバットを振り回した。だが侵入者はこちらの攻撃をいずれもぎりぎりのところで避けた。どうやら、相手は場数を踏んでいるようだ。しかし、こちらも戦場を経験した身だ。

わたしはもう一度、バットを振った。だが今回は、最後の瞬間に手を離し、侵入者に向かってバットを放り投げたのである。この奇襲攻撃にも、侵入者は前腕でバットを叩き落とした。

こちらの攻撃は二段構えだった。バットを投げると同時に、相手に向かって殴りかかっていたのである。バットに対処しているためこの攻撃は避けられないはず……という読みは、外れてしまった。

こちらのパンチが当たるどころか、向こうのパンチがカウンターでわたしの顎にヒットしたのである。激しい衝撃が、脳天まで伝わる。

気がつくと、床に倒れていた。遠ざかる足音が聞こえる。

なんとか起き上がり、バットを拾い上げ、逃走する侵入者を追った。くらったパンチが脚に来ていたが、歯を食いしばって駆ける。裏口の開く音がした。わたしが到達した際、ドアは開いたままになっていた。外まで出たが、暗い。小さくなっていく足音が聞こえたが、もう無理だ。わたしは諦めて室内に戻った。

そこに、寝巻きの上からガウンを着た姿のミセス・メイバリーが現われた。その背後には、スザンヌが上下スウェットという姿――彼女の寝巻きらしい――で、モップを構えていたが、明らかに腰が引けている。ここは、女主人よりも前に立つべきところだというのに。

「あらあら、まあまあ」とミセス・メイバリーが声を上げた。「一体なにがございましたの、ワトソン先生？」

「侵入者が。気がついたら、僕の泊まっている部屋に入り込んでいました。撃退したので、もう大丈夫です。本当は、捕まえたかったのですが。申し訳ないです」

「申し訳ないだなんて、そんな。ワトソン先生にいて頂いて、本当に良かったわ。……あらっ。顔が腫れてらっしゃるじゃありませんか」

「面目ない、賊に一発食らいました」

「スザンヌ、冷蔵庫から氷を出してきてちょうだい」

「はい、奥様」

メイドは、氷をビニール袋に入れて持ってきてくれたので、そのまま顔に当てた。カウンターパンチを食らった場所が既に熱を持っていたので、気持ちよかった。また、わたしが一息つけるように、お茶もいれてくれた。こんなことがあった後ではすぐには寝ることもできないから、非常にありがたかった。

お茶のおかげで気分が落ち着いたのか、ひとつ気が付いたことがあった。侵入者が部屋にいたときに嗅いだ「匂い」だ。以前嗅いだ覚えのある匂いだと思ったのだが、それを思い出したのだ。

格闘家スティーヴン・ディクソン——ベイカー街に闖入して、シャーロックを脅迫しようとした男だ。シャーロックがあの男のオーデコロンについて言及していたので、わたしもその匂いを意識し、覚えていたのだ。

わたしはその事実と、そもそもの出来事を整理して、シャーロックにメールを送った。シャーロックからは「了解」という簡単な返信が来た。

結局、わたしは部屋に戻ったものの、その後はまんじりともせずに夜を明かした。


翌日、昼過ぎになってシャーロックがやって来た。

「ジョン、大丈夫か」と問うので、わたしは顔のあざを見せてから、改めて昨晩の模様を説明した。

「そいつは災難だったな」とシャーロック。「ちょっと待っててくれ」

そう言ったかと思うと、コートの裾を翻してシャーロックは部屋を出て行った。だが、すぐにわたしとミセス・メイバリーの待つ居間に戻ってきた。

「匂いに関する君の推理は当たっているよ、ジョン。侵入者はスティーヴン・ディクソンだ。いま、裏口から外へ向かっての通路を調べてきた。足跡が残っていて、昨日ベイカー街へ来た時に見たディクソンの靴と合致することを確認した。逃がしたのは手抜かりだったたな。まあ、奴は下っ端に過ぎんが」

ここでシャーロックは、ミセス・メイバリーに向き直った。

「ぼくからも報告が。……イジドーラ・クラインという女性の名前に聞き覚えはありますか、ミセス・メイバリー？」

「いえ、ございません。その女性が何か？」

「ぼくはベイカー街へ戻ってから、ラングデール・パイクという情報屋を使って多方面にわたり調査を行なったのですが、その結果、浮上してきたのがこの人物です。母親であるあなたにはしにくい話ではあるのですが……息子さんのディミトリアス・メイバリーは、彼女と関係があったらしいのです」

ミセス・メイバリーが息をのむ。「関係って……どんな関係ですか？　そもそも、何者なんですか？」

「一時期、恋人だった……らしいのです。彼女はスペイン系で、コンキスタドールの血を引く女性です。美貌で知られ、雑誌グラビアのヌード・モデルをしていました。結婚するまで、イジドーラ・ミランダという名前で。だから、そこにいるジョンは、よく知っていると思いますよ。なあそうだろう、ジョン？」

シャーロックの言う通りだった。イジドーラ・クラインという名前では「誰だっけ」という感じだったが、イジドーラ・ミランダと言われればすぐに思い出した。いったん分かってしまえば、かつてグラビアで見たその肢体までも頭に思い浮かんだ。

シャーロックはミセス・メイバリーに説明を続けた。「グラビア・モデルをしていた彼女は、仕事で知り合ったドイツ系の出版王レーベレヒト・クラインと結婚してイジドーラ・クラインとなり、ヌード・モデルを引退しました。夫が亡くなり、莫大な遺産を相続しましたが、そもそもクラインは高齢だったので、結婚当初から財産目当てだとさんざん噂されていました。いま彼女は、ヨーロッパで最も美人かつ金持ちの未亡人だと言われていますよ。その財力と美貌を生かし、若くて魅力的な男性たちと次々に浮名を流しているのですが、そのひとりがディミトリアス・メイバリーだった、というわけです」

「息子がそんな……。全然、知りませんでした……」

ミセス・メイバリーは顔の前に手を上げ、わなわなと指を震わせていた。たとえ大人になっても（そしてそれが故人であっても）、母親にとって息子は息子。未亡人の熟女と付き合っていたと聞かされれば、ショックも受けるだろう。

「ディミトリアスはその後、イジドーラ・クラインと別れました。どうやら、イジドーラが飽きて、捨てたようです。ミセス・メイバリー、息子さんは旅行代理店を辞めてからすっかり元気がなくなって部屋に閉じこもっていた、とおっしゃいましたね？」

「はい」

「調べたところ、イジドーラと別れた時期とちょうど一致していましたから、それがきっかけで辞めたんですね。その後ディミトリアスは、イジドーラ・クラインに関する何かを執筆していたらしいのですよ。それはイジドーラにとって、公開されては大変困るものだった。ディミトリアスの死後、それが表に出ることはなかったものの、この『三破風館』に原稿が残されていることは考えられた。だというのに、ミセス・メイバリーが館の売却を検討し始めた。その引越し作業の際に原稿が発掘されてしまうかもしれないし、発掘されずに館に残されたとしても、今度は新たな住人の手に渡ってしまう恐れが出てくる。そこでイジドーラは慌てて、顧客代理人を仕立て上げて、屋敷の中身まるごと買い上げようとした――というわけですよ」

「まあ。では、あのヘインズ＝ジョゼフというのは……」

「不動産業者なんかではないでしょうし、そもそもヘインズ＝ジョゼフなどという名前ではないでしょうな」

「なんてずうずうしい」

「そこまで判明したので、ぼくはイジドーラ・クラインと直接対決しようと思いました。連絡先も調べ上げたので、面会を申し込みました。急だったので、と最初は断られてしまいましたが、ハロウのお屋敷の件で、と言うと、反応がありました。『ネット経由でのテレビ会議でなら』と言ってきましたが、それだと彼女のことを観察できないので、結局、今日の午前中に直接会ってきましたよ」

「ほんとに美人だったかい」とわたしは尋ねた。

「まあ、君が最初に気にするのは、そこだよな。ほら」

シャーロックが携帯を取り出して操作し、画面をこちらに向けた。そこに映っていたのは、髪は艶々と黒く、大きくて黒い瞳の女性だった。肌は張りがあり、赤い唇は肉感的な、非常にセクシーな熟女だった。唇の左横にあるホクロが、色っぽさを強調していた。わたしが老婦人のお相手をしていた間に、彼はこんな女性とやりとりしていたのだ。

「これは隠し撮りしたものだが、彼女は照明による効果を実に心得ているな。ぼくと会うだけだったのに、どう光が当たると自分がもっとも若く美しく見えるか、きちんと考えて照明を配置してあったよ。とはいえ、ネット上にあった写真の方が、もっと若々しかった。――だからテレビ会議にしたかったんだろうな」

シャーロックは以下のように続けた――。

――面会は、グロヴナー・スクウェアにある彼女の家で行なわれた。しばらく待たされ、現われた彼女は、身体の線の出た、ぴったりした黒いドレスに身を包んでいたよ。午前中だというのにね。おそらく、隙あらばぼくを籠絡《ろうらく》しようという考えだったんだろう。

ぼくは、ネット上の写真との違いから彼女が唇にボトックス注射をしたばかりであること、また手の甲の傷とドレスについた毛から彼女が猫を三匹飼っていることを、一瞬で看破した。

「どういうご用件ですの？」とイジドーラ・クラインは言ったが、その声も色っぽかったよ。

「分かっているくせに」とぼくは答えた。「ハロウのお屋敷の件、と言った途端に、相手をしてくれたのはそちらだ」

「へんな言いがかりを付けられては困るからですわ」

「とにかく、故ディミトリアス・メイバリーと、彼の住んでいた屋敷に関することだ。ディミトリアスと恋愛関係にあったことは、否定しないね？」

「それは、もう知ってる人は知ってる事実ですから」

「彼を、あなたが捨てたことは？」

彼女は脚を組み替えた上で、前かがみになって胸元を強調した。ぼくの注意をそちらに逸らそうという意図が見え見えだったよ。

「彼はね、わたしに結婚したいと迫ったんですよ。わたしとしては、縛られたくなかったからお断りした。結果、お別れすることになった。そういうことですよ」

「彼があなたに関する何かを書いていたことは知っていた？」

「それは……」と彼女は、一瞬詰まった。だが、意を決したように続けた。「ええ、知っていましたわ。どうやら、わたしを誹謗中傷する内容らしいということも」

「それで、屋敷まるごと買い取ろうとしたんだね」

「そういうようなものが世間に広まったら、たとえ事実無根であっても、これからのわたしの生活に支障が出ますから、とても困りますわ」

「昨晩、何者かが屋敷に侵入したと連絡がありましたが、それもあなたの仕業？」

「……それはお答えできませんわね。下手に答えると、墓穴を掘ることになりますから」

「ぼくが見つけたとしたら、それを買い取る用意はあるかな」

彼女の目が、きらりと光ったよ。目論見通り、ぼくのことを金で動く雇われ人だと思ってくれたんだろうな。彼女が使っているような連中は、そんな奴ばかりだろうからね。

「それは……お値段によりますけれども」

「じゃあ、見つかったら改めて連絡するよ」

ぼくはそう言って立ち上がり、彼女の元を去ったのさ——

「ぼくが彼女に会った最大の目的は、その答えだったんだ」とシャーロック。

「買い取る意思があるってこと?」と、わたしは問うた。

「買い取ろうとするということは、彼女がまだそれを手に入れていない、ということさ。だからそれは、まだこの屋敷の中のどこかにあるんだ。……ミセス・メイバリー、また屋敷の中を見せてもらえますか」

「もちろんですとも」と、ミセス・メイバリーは答えた。

シャーロックとわたしは、ミセス・メイバリーとともに改めて「三恐怖館」の名の由来となった三つの部屋を順番に見て回った。シャーロックは、室内をじっくりと眺めている。特に、わたしの泊まった部屋では、それまで以上に時間を掛けていた。入るなり、彼の視線が部屋の四方、天井、床、そして室内にある物へと素早く走るのが分かった。

　いきなりシャーロックは、両手を目の前に上げた姿勢のまま、画像を再生中に「一時停止」ボタンを押したかのように固まってしまい、動かなくなった。

「あら、シャーロックさん、どうなさったのかしら」と、ミセス・メイバリー。

「あー」と、仕方なくわたしが言った。「これは彼が何かを考えている証拠でして。すみませんが、ちょっとこのままにしておいてください」

　やがてシャーロックは、「一時停止」ボタンから「再生」に切り替えたように突然動き出して、壁際のデスクへ歩み寄ると、引き出しを開けて何かを確認した。更にはポケットから携帯を取り出すと、何事かを打ち込んでいた。どうやら、メールを送信したらしい。

「さて」とシャーロックは携帯をしまうと言った。「ちょっと一休みしましょうか。ミセス・メイバリー、コーヒーを淹《い》れてくれるよう、スザンヌに頼んで頂けませんか。茶菓子もあると、なお結構」

「あら、ティータイムですの」とミセス・メイバリーはにっこりと笑みを浮かべた。

「よろしいですわね」

　ミセス・メイバリーが呼び鈴を鳴らすと、メイドのスザンヌが駆けつけてきた。

「何でございましょう、奥様?」

「コーヒーとお茶をお願い。クッキーも、とっておきのを出してちょうだい」

「承知致しました」

我々は応接室へと移動し、そこのテーブルについて、ひとときのお茶会となった。ミセス・メイバリーがディミトリアスの思い出話を語り、シャーロックは上機嫌で相槌を打っていた。

こんなのんびりしていてよいのだろうか、と思っていたが、お茶もクッキーも美味しかったし、ミセス・メイバリーとの会話も実に楽しいものだったので、シャーロックがそれでいいならいいか、と素直に状況を楽しむことにした。

やがて一時間ほど経過しただろうか。来訪者を知らせる呼び鈴がなり、メイドが出迎えに行った。戻ってきたスザンヌが案内してきたのは、なんとお馴染みの顔――レストレード警部だったのである。何やら、ドラッグストアの袋らしきものをぶら下げている。

「やあグリムズビー、待ってたぞ」と、シャーロック。

「グレッグだ!」とレストレード警部はシャーロックを睨む。「いきなりメールで呼びつけて、しかも買い物までさせやがって。本当に重大な事件じゃなかったら、承知せんぞ」

ここでレストレード警部は、ミセス・メイバリーが目を丸くして彼を見つめているのに気付いた。

「おっと、失礼しました、お邪魔いたします。スコットランド・ヤードのレストレード警部と申します。そこのシャーロック・ホームズに呼び出されましたもので」

「あら、まあまあ。ようこそいらっしゃいました。それはさぞお疲れになったでしょう。どうぞお座りになって。喉も渇いてらっしゃるんじゃありませんか、お茶をどうぞ」

おそらく、ありがとうございます、と言おうとしてレストレードが口を開きかけた瞬間に、シャーロックが言った。

「その必要はありませんよ、ミセス・メイバリー。この時間のこちら方向の列車は空いていますから、ずっと座ってきたはずです。またペットボトルの清涼飲料水を飲んでいたから、喉も渇いていません。彼の荷物から、ほとんど空になったペットボトルが見えていますから。何より、ぼくたちが今までゆっくりしていたのは、彼を待っていたからなんですよ。彼が到着したからには、お茶会も終了です」

「あらそうですの？　残念ね、せっかく聞き手が増えたから、もっと色々なお話をしようと思いましたのに」

シャーロックは、きゅっと口角を上げて笑みを見せた。

「それはまた、次の機会に。さあ、行きましょう」

「どちらへ?」とミセス・メイバリー。

「もちろん、ディミトリアスの部屋へですよ。ディミトリアスの亡霊を、明らかにしましょう」

シャーロックを先頭に、ミセス・メイバリー、レストレード警部、そしてわたしはディミトリアスの部屋へと入った。スザンヌも、レストレードの持ってきた荷物を運んで、我々の後ろに従っていた。閉め切ってあったためか、空気が澱《よど》んでいる。

シャーロックはそのまま部屋の奥へ進み、窓を開けた。爽やかな空気が、流れ込んで来る。

「さて」とシャーロックは、我々へと向き直って言った。「この部屋には、ディミトリアスの亡霊が残っている。この屋敷全体を買おうとした奴も、それを狙っているんだ。ただし、それがどういう形で存在するのかは、誰も知らない――このぼくを除いてだが」

「さっきから亡霊、亡霊って、何を言いたいんだ。ここに出るという、ディミトリアスの幽霊のことを言っているのか?」と、わたしは質問した。

「なんだジョン」とシャーロックは、眉毛を上げて言った。「君はまさか、幽霊を見たことがあるとでも言うんじゃないだろうね」

「ある」とわたしは即答した。「戦場で。僕の脳が見せたものかもしれないが」

シャーロックは一瞬言葉に詰まった様子だったが、すぐに続けた。

「まあいい。とにかく、ここで言っているのは、この部屋にはディミトリアスの遺産が残されているということだ」

「あら、ディミトリアスは特別にお金持ちだったわけではないんですのよ」とミセス・メイバリーが困惑げに言った。「ですから、宝石とか、株券とか、そんなようなものを残してるとは思えないのですが……」

「ああ、そういう直截的な意味での遺産ではないのですよ、ミセス・メイバリー。いらぬ誤解をさせたなら申し訳ない。……ディミトリアス・メイバリーの残したもの、それは彼の得意としていた『文章』です。彼は、何かを書き残したのですよ。だが、普通に原稿の形だったり、パソコンの中に保存してあるデータの形だったりしたら、簡単に持ち去られたり削除されてしまう。ディミトリアスは、それを恐れた。だから、彼は特別な形で文章を残した……」

シャーロックはここで言葉を切り、右手で部屋全体を指し示した。

「この部屋自体に、残したんですよ」

「……まだ、よく分からないんだが、シャーロック」とわたしは言った。「原稿とかメモリー媒体を、壁とか床の中に隠した、ということか？」

「違う」とシャーロックは言下に否定した。「それだったら、彼の原稿を狙う者でも探し出せるだろう。だから、彼は隠すのをやめた。この部屋に、放置しておくことにしたんだ。誰の目にも、見えるところに」

「僕の目には、見えないが。まさか、頭が悪いと見えない、とか言わないよな」

「言わないが、頭さえ使えば見えるようになる。……こういう風にね！」

シャーロックはスザンヌの持っていたレストレードの買い物袋に手を突っ込み、何かをひとつ取り出した。それは、スプレー缶だった。

スプレー缶の封を切り、蓋を取ったシャーロックは、壁に向かっていきなり噴射したのである。わたしは彼がスプレー式のペンキを吹きかけたのかと思って一瞬どきっとしたが、ノズルから放出されたのは白い霧だった。

そしてシャーロックが手を止めて霧が晴れると……なんたることか、スプレーを吹きかけられた部分の壁に、びっしりと文字が出現したのである！

ミセス・メイバリーが息を呑み、壁に歩み寄った。そして老眼鏡をかけて、現われた文字をまじまじと眺めた。

「これは……ディミトリアスの筆跡ですわ！　一体これはどういうことですの、シャーロック・ホームズさん？」

「ミセス・メイバリー、あなたの息子さんは実に頭のいい方だ。だから、誰か頭のいい人間――ぼくのような――でなければ発見できない形で、自分の文章を残したんですよ。壁紙に書き綴り、そしてそれを消した」

「一体全体、どうやって？」と、わたしは問うた。

シャーロックは得意げににやりと笑みを浮かべると、スプレー缶を脇に抱え、胸ポケットから一本のボールペンを取り出した。

「ジョン、君の手帳を貸してくれ」

彼が「渡されて当然」とばかりに手を差し出しているので、わたしはポケットから手帳を取り出して、彼に渡すしかなかった。

彼はわたしの手帳を開くと、まだ何も書いていないまっさらのページに、黒いインクでぐしゃぐしゃと落書きをした。

「何をするんだ、人の手帳に！」と、わたしは思わず叫んだ。

だが、シャーロックはわたしの抗議などどこ吹く風とばかりに、ボールペンの反対側で落書きをこすり始めた。すると、その落書きがみるみるうちに消えていくではないか。

「今の時代、色々と便利な世の中になってね。これは日本製の『消えるボールペン』という代物なんだ。デスクの引き出しに、入っていたよ。使用済みのものも、何本もあった。ディミトリアス・メイバリーは、部屋の壁紙を原稿用紙にして、このボールペンを使って文章を書き綴ったんだ。そして、完成させた後に、それを全て消した」

手帳のそのページは、今では元通りに真っ白になっていた。

「消したんなら、君は今、何をやって復活させたんだ？」

「このボールペン、実に面白いコンセプトで開発されたものでね。書いたインクは、消してもそこに存在したままなんだ。消去したのではなく、無色にしただけなんだよ。このボールペンのインクは温度の変化によって変色するという特質を持っていてね。熱を加えることによって、無色になるんだ。つまりこれは普通の消しゴムが鉛筆の炭素を取り去るのとも、砂消しゴムが紙の繊維を削り取るのとも、違うんだよ。擦《こす》ったのは、摩擦熱を発生させるためなんだ。その熱によって、文字は無色になる、という訳さ。そしてそろそろ鈍い君の頭にも分かってきたかもしれないが、逆もまた真なり。加熱によって無色になったインクは、冷却することによってまた色を取り戻すんだよ。その事実に気がついたぼくは、レストレードに頼んで都心のドラッグストアで買い物をしてきてもらったのさ。こんな郊外では、手に入るかどうか不明だったからね。ほら、これさ」

シャーロックは、抱えていたスプレー缶を差し出して見せた。……それは、スポーツ用の冷却スプレーだった。

「冷蔵庫の氷を使っても同じことはできたが、効率が悪いし、壁紙を濡らしてしまうからね」

彼は開いたままの手帳に向かって、スプレーを発射した。冷却ガスが噴霧され、手帳のページに落書きが復活した。

「ぼくはこの部屋に、やたらと長い延長コードとアイロンが置いてあったことから、この真相に気がついたんだ。まだ壁の文章のごく一部しか復活させていないが、おそらくこの部屋の壁にびっしりと書き綴られているはずだ。それをいちいちボールペンの反対側で擦っていたら、手間が掛かって仕方がないし、壁紙もぼろぼろになってしまうかもしれない。だからディミトリアスは、原稿を全て書いた後に、アイロンを使ってそれを一気に無色透明化したんだ。延長コードを使えば、部屋中のどこへでも届くしね」

シャーロックはわたしに手帳を――もちろん落書きをしたまま――返却し、一緒にスプレー缶をよこした。自分も、新たなスプレー缶を買い物袋から両手に取る。

「さあジョン、手伝ってくれ。ディミトリアス・メイバリーの作品を、一気に復活させるぞ。どんな力作が現われるかは、見てのお楽しみだ！」

シャーロックは蓋を放り出し、両手で冷却スプレーを壁紙に吹きかけ始めた。彼の言葉通り、文字がどんどん現われていく。わたしも、それにならった。面白いように、文字が浮き上がる。

「ああ」とシャーロックが壁に向かったまま言った。「レストレード警部、君は手伝わなくていいよ。そこの入り口で、見張り番をしていてくれ。この『原稿』は、おそらく貴重極まりないものだからね。ご婦人は、どうぞご見物を」

わたしとシャーロックは作業を続けた。缶が空になったら、新しいものに交換し、再開する。文章は、四方の壁紙ほぼ全面にわたって書き綴られていた。レストレードが買ってきてくれた冷却スプレー缶が残り一本、というところで、作業は完了した。

『我が悲劇の記録』と題された文章は、部屋をぐるりと一周して、四面目の一番下、最後のところにエンドマークが打たれていた。これは未完ではなく、完結した作品なのだ。

「おや、どうしたスザンヌ」とシャーロックが壁から振り返って言った。「先ほどから、顔色が悪いようだが。気分でもすぐれないのかな？　ここに腕利きのドクターがいるから、診てもらったらどうだね」

わたしはその言葉を聞いてメイドに向き直って顔を見た。確かに、顔色が悪い。スザンヌはうなずいた。

「……はい、ちょっとスプレーのガスを吸ってしまったようです。空気が悪くなってしまったので、みなさん、別室へ移動しませんか？」

「そうはいかない」とシャーロック。「ぼくは作業を始める前に窓を開けておいたから、換気はされている。それに、君ひとりが行けばよいものを、他のみんなも移動させたがるというのはどういうことかな。いざこれから、ディミトリアスの残した文章を、読もうという時に。それとも君は、この文章を読まれたら困ることでもあるのかな？」

スザンヌの顔がこわばり、よりいっそう蒼白になった。

「まあ、ぼくには推測できていたがね」とシャーロックは続ける。「レストレード警部に見張り番をしてもらっていたのは、誰かがこの部屋に入ってくるのを防ぐためではなく、誰かがこの部屋から逃げ出すのを防ぐためだったのさ。この文章は誰にも読ませたくない、そしてもし読まれてしまったら逃げ出すしかない――そうだろう、スザンヌ？」

スザンヌは凍りついたようになり、無言のままだった。

「おや、何も言えないのかな？　では、ディミトリアスの文章の、最後の辺りを読んでみようか。ええと……ああ、ここだ。『……いま僕の身体は、どんどん弱っていく。毒を盛られているのは、間違いない。先日、スザンヌが僕の食事の皿に、何かの粉末を混ぜているのを目撃した。僕はもう死の罠から逃れることはできないだろうから、事実だけははっきりと書き記しておこう……』さあ、どうだね？」

ことここに至って、遂にスザンヌが口を開いた。

「わたしがどうして、そんなことをしなければいけないのですか？」

「君はここではスザンヌ・ミッチェルと名乗って働いているようだが、それは偽名で、本名はスザンヌ・ミランダだということ、イジドーラ・クラインの妹であることを既に調査済みだと言えば、誰にでも想像がつくのじゃないかな」

わたしはシャーロックの指摘に、大いに驚いた。ミセス・メイバリーも同様だったようで、目を丸くしていた。

レストレードに至っては、状況がよく分かっていないようで「どういうことだ？」とわたしに囁いた。

わたしも小声で「僕にもまだよく分からないんだ。シャーロックの話を聞こう」と返した。

シャーロックは、素早い視線を室内に走らせた。彼はその間に、壁にびっしりと書き綴られた文章を読み、内容を理解してしまったようだ。わたしは読むのは後回しにして、携帯で片っ端から撮影し、記録に残しておいた。

シャーロックは「ふむ」と言うと、話を続けた。

「イジドーラ・クラインの元恋人で、病死した男が何人かいるのだが、彼らは実はイジドーラに毒殺されていたんだ。結婚はしていなくても、彼女になんらかの財産を与える旨の遺言を残した後でね。ディミトリアス・メイバリーはその秘密を知り、慌てて彼女から離れた。そのことにイジドーラも気が付いた。そこでディミトリアスは、自分の身に何かある前にと、イジドーラの秘密を詳細に書き残すことにしたんだ。しかし普通の形で原稿を残すと、イジドーラの手下に奪われてしまうだろう。考えた末に、彼はこんな形で原稿を部屋に隠したのさ。イジドーラは、スザンヌに彼を殺させてしまってから、原稿が完成し何らかの形で隠されている事実を知った」

「スザンヌが殺したなんて……」とミセス・メイバリーは言った。「でも、彼女は息子が亡くなるよりももっと前から、うちに勤めているんですのよ」

「そこが、イジドーラの恐ろしいところでしてね。彼女はディミトリアスを恋人にした時点から、彼を始末する必要性を予見して、スザンヌを潜り込ませていたのですよ」

「最初から、ということですの？」

「そうです。本来は、他の元恋人たちと同じような目的で殺害するはずが、秘密を掴まれたがために始末する、という意味合いに変わってしまいましたが。スザンヌは、ディミトリアスが原稿を完成させていたことを知ったが、それがどこにあるか分からない。だから、そのままここで働き続けたんです。しかも、原稿を探すために仲間を引き入れ易いように、工作も行ないました。幽霊騒ぎを起こしたのは、彼女なんですよ」

シャーロックは、真っ直ぐにスザンヌを指差した。

「『幽霊が出る』ということにしておけば、夜中にこっそり仲間が屋敷に侵入しても、ごまかすことができる。しかし肝心の原稿が見つからないうちに、ミセス・メイバリーが屋敷を売る、などと言い出してしまった。引越しの際に原稿を見つけられてしまうかもしれないし、屋敷が他人の手に渡ってから発見されるかもしれない。いずれにしても、イジドーラとしては困る。そこでまず屋敷を中身まるごと買い取ろうとした。それに失敗し、しかもシャーロック・ホームズなどという探偵が乗り出し、かつその相棒が屋敷に泊まるというから、横取りされては大変と、スティーヴン・ディクソンにディミトリアスの部屋に侵入して原稿を探すように命じた……といったところです」

レストレード警部がスザンヌを逮捕し、パトカーを呼んで連行した。その後すぐ、イジドーラもグロヴナー・スクウェアでレストレードによって逮捕された。イジドーラの過去の悪行における実行役も、ディミトリアスの残した原稿によって判明したので、芋づる式に逮捕された。

イジドーラはどうやって察知したものかスザンヌの逮捕を把握しており、警察が踏み込んだ際には高飛び直前だったという。

その後、ミセス・メイバリーのもとへは出版社が殺到し、一番高いアドバンスを提示した社から、ディミトリアスの原稿は単行本化されることになった。わたしはミセス・メイバリーに頼まれて、壁の手書き原稿からの打ち込み及び監修を行ない、解説も執筆した。解説にはシャーロックによって真相が解明されたという事実を盛り込んだことは、言うまでもない。この本は、たちまち大ベストセラーとなった。

屋敷の方は、幽霊愛好家でかつ犯罪実録愛好家だという物好きな金持ちから「どうしても」と懇請され、ミセス・メイバリーは譲り渡すことにした。売却金額は、イジドーラ・クラインの手下のヘインズ＝ジョゼフが申し入れていた金額の、倍近くだったという。

この売却金と本の印税とで、豪華な世界一周旅行ができる、とミセス・メイバリーは大喜びだった。

解説印税は、わたしにとってもそこそこの収入となった。

シャーロックはわたしの解説を読んで「事実関係の描写がなってない」とけなしたの

で、分け前をやるのはよしておこうと思っていた。

しかしシャーロックは「ぼくにだけ何もない」とすねている。現在、彼が上機嫌と言いがたいのは、これでまた事件が途切れてしまったからでもある。

仕方がない。彼が与えられて喜ぶものは、ひとつしかない。

わたしはパソコンを開き、何か変わった事件は起こっていないか、ネットで物色し始めた。

The Speckled Rope

ジョンとまだらの綱

わたしは胸の上にどすっと何かが落ちてきた衝撃で、目を覚ました。

「うっ」

目を開くと、そこには頭蓋骨があった。黒々とした眼窩《がんか》が、こちらを見つめている。

思わず、起き上がる。胸の上にあった頭蓋骨が、転がる。ベッドから落下する寸前に、てのひらによって受け止められた。

「こいつは、最高の目覚まし時計だな」

シャーロックだった。彼はわたしのベッドのすぐ横で、ハムレットのように頭蓋骨を手にして立っていたのだ。

「おい。何の真似だ」自分の声に不機嫌な色がありありと現われているのが分かった。

というか、これ以上彼が何かやらかしたら、殴りかかっていただろう。

「依頼人だ。君を手っ取り早く起こすには、これが一番かと思ってね。……あー、すまない」

わたしは溜息をついた。謝っただけでも、シャーロックの行動としては上出来の部類だ。

だから「次に同じことをやったら、そいつを射撃の的にするからな」と頭蓋骨を指して言うに止めておいた。

腕時計を見ると、午前六時だった。わたしは着替えを始めながら「君も依頼人に起こされたのか？」と尋ねた。

「いや。ぼくは起きていた。――もう起きていた、ではなくて、まだ起きていた、だが」

「また徹夜したのか」

「青酸系毒物の指に染み込む速度の実験――自分の指でしていたわけではないぜ――をしていたら、時間を忘れてしまってね。ふと我に返ったらこんな時間で、呼び鈴が鳴っていた。君はゆうべビールを飲んで、眠くなってそのままベッドに倒れこんだ……」

「君の目の前で飲んでたから、そりゃわかるだろうさ」

軍隊でさんざん鍛えられたから、着替えはすぐ終わった。シャーロックとともに、二階の居間へと下りる。

そこには黒いスーツに身を包んだ二十代と思しき青年が立っていた。まだわたしのように中年太りを気にし始めるような年齢ではないこともあり、すっきりとした体型をしている。というか、どちらかというと線が細い。わたしが部屋に入って行った時には咳をしていたから、病弱なのかもしれない。

彼は、シャーロックが頭蓋骨を片手に現われたので、ぎょっとした様子だった。シャーロックは全く平気な顔をして、頭蓋骨をマントルピースの上に載せていた。

わたしは来訪者に、椅子へ座るように案内した。それを待っていたかのように、シャーロックが口を開いた。

「ぼくがシャーロック・ホームズだ。彼は記録係のドクター・ジョン・H・ワトソン。さてどんな話か、聞かせてもらおうか。君は自宅勤務のシステム・エンジニアで、ランニングが趣味で、頭文字はH・S……おや、手が震えているな。何か薬物が切れたか」

「いいえ」と青年は、シャーロックの失礼な問いに対して丁寧に答えた。「薬物中毒の禁断症状で震えているんじゃないです。恐ろしいんですよ。僕はいま、とてつもなく恐ろしいんです」

確かに彼は顔面が蒼白になり、口元もこわばっていた。外から、荷物を積み降ろしているらしいガシャンという音が聞こえてきただけで、びくりと反応している。

「今朝の一番列車で着いたんだな」とシャーロック。

「どうして判ったんです？」と、青年は驚きの表情を見せる。

「ホーシャム方面から一番列車で到着して、ウォータールー駅からここまで来ると、ちょうどこの時間になるんだ。君がそちらから来たことは、レザーヘッドのタウン誌を持っていることから判る」

「あなたを頼ってきたのは正解だったようです、シャーロック・ホームズさん。確かに僕は、レザーヘッド駅から始発でロンドンに着いたばかりです。何もかも、僕の妄想かもしれません。ですが、あなたなら僕を怯えさせているのが妄想なのか本物の恐怖なのか、見極めてくれることでしょう。実は僕、英国政府の情報局関係のシステム開発の仕事をやってまして。ご指摘の通り、自宅勤務ですが。で、以前から仕事上の付き合いのあるマイクロフト・ホームズ氏のご兄弟に、探偵をしてるシャーロック・ホームズさんがいると伺っていたのです」

「マイクロフト関係だからといって引き受けるとは限らないが」と、シャーロックは冷たい。「とにかく、話を聞かせてもらおうか」

「僕はヘンリー・ストーナーと申します。ブロック・モランの地から参りました。ストーナー一族は昔から、あの土地に住んでいるのです。僕も、両親と兄ジュリアス——と言っても僕と双子だったのですが——との四人家族で、暮らしていました。ですが母は、まだ僕が小さい頃に、ＩＲＡのテロによる爆破事件に巻き込まれて、亡くなりました。父は悲嘆に暮れていましたが、『陽気な土地に滞在して気分を変えよう』と、僕と兄を連れて、南米へ行きました。ペルーで、父はグリゼルダ・ライロットという女性と知り合い、再婚しました。つまりグリゼルダは、僕と兄の継母となったわけです。その後、父はグリゼルダを、そしてもちろん僕ら兄弟を連れて、英国へ戻ったのです」

「そのグリゼルダ——あなたの継母は、どんな人物でしたか」

「変わった経歴の持ち主ですよ。グリゼルダは、元女子プロレスラーなんです。ペルー出身でありながら、日本に起源を持つ格闘技の使い手だったため、『アマゾンのスモウ・レディ』と呼ばれていました。エプロンのついたベルトみたいなものを腰に巻いて、リング入りしていました」

「それはたぶん『化粧回し』というものだな」とシャーロック。彼はしばしば、日本文化について詳しいところを見せる。

そういえば以前、衛星中継でそんな名前の女子プロレスラーの試合を見たことがあるのを思い出した。がっしりとした体格だが美人で、闘うスタイルも格好良かった。

「何せ」とヘンリーが続けた。「父がグリゼルダと知り合ったのも、酒場でですから。飲んでいて意気投合し、飲みながら腕相撲が始まり、グリゼルダが『あたしが勝ったら、あたしと結婚しなさい』と賭けを持ちかけ、父はそれに乗り、負けてしまったのです。父は酒の勢いで、本当に再婚してしまった、というわけです。まあ、少なくとも美人ではありましたから。そんなわけで、三人で英国を出発した僕たちは、グリゼルダを加えて四人で帰国しました」

「グリゼルダは、英国になじんだ?」とシャーロック。

「正直言って『いいえ』です。ペルー流の生活を捨てようとはしなかったし、元々荒っぽかったしで、なじんだとはとても言えませんでした。ロンドンのような賑《にぎ》やかな都会だったらまだしも、静かな田舎でしたから。ある時などは、オートバイが自分にぶつかりそうになったことに腹を立て、そのバイクを川へ放り込んでしまったのです。訴訟騒ぎになりかけて、大変でしたよ。父が示談金を払って、なんとか裁判沙汰は避けられましたが、地元の人間みんなにその話は知れ渡ってしまいました」

「そりゃ、なじむなじまない以前の問題ですね」と、わたしは言った。

「はい。しかし僕にとってはそのようなことなどどうでもよくなるような出来事が起こりました。今度は、父が病気で急死してしまったのです。僕ら双子は、途方に暮れました。自分たち兄弟以外に血の繋がった家族はいなくなり、荒っぽい継母のもとに遺されることになったのですから。

僕とジュリアスは、寄宿学校に放り込まれました。そちらでも色々あって、平穏無事な日々とは言いがたかったですが、それでもグリゼルダと共に生活をしているよりはましだったろうと思っています。

大学を卒業し、ジュリアスと僕とは、遂に屋敷へ戻って来ました。そして、驚きました。すっかり様相が変わっていたからです。庭には、南米の動物たちが放し飼いにされていました。屋敷そのものも、あちこち改築されていました。改築工事をしている最中の部分すらありました。父は遺言で、金銭的な遺産はグリゼルダと兄弟とで三等分するように指示していましたが、屋敷に関しては僕ら兄弟二人に遺してくれたのです。ですから僕らはすぐさまグリゼルダに抗議しましたが、『ずっと住んでいたのはあたしだから』と、取り合ってくれませんでした。

しかし、それも片付くはずの日がやってきました。ジュリアスが、婚約をしたのです。兄が婚約した相手は、ミス・ペルセフォネ・ウィルソンというお嬢さんでした。彼女のことは僕も以前から知っていたのですが、とても素敵な女性です。僕とジュリアスは一卵性双生児で外見はそっくりだったため、混同されることが多かったのですが、ペルセフォネはしっかり見分けていました。『全然違うじゃない』と。僕たち二人の特徴を、きちんと把握していたのです。そんなこともあって、兄は彼女に惹かれたのです。

父の残した遺言だと、僕ら兄弟が結婚をしたら、屋敷の管理は二人に任されることになっていました。つまり、グリゼルダに好き勝手されなくて済むようになるのです。どちらかが先に結婚したら、もう一方が結婚するまで、結婚した方がひとりで。

ところが……ところがです。結婚式まであと二週間、という時になって、恐ろしい事件が起こり、僕は最愛の兄を失ってしまったのです」

ヘンリー・ストーナーはうつむき、両手で顔を覆った。

真剣な眼差しで話を聞いていたシャーロックが、口を開いた。

「そのときの模様を、詳しく」

「はい」と、ヘンリーは続けた。「ジュリアスは、ミス・ペルセフォネ・ウィルソンと婚約したことを、グリゼルダに報告しました。血はつながっていないとはいえ、継母であることは間違いありませんから」

「それを聞いて、グリゼルダは反対を？」

「ジュリアスも僕もそうなると思っていたのですが、案に相違して、グリゼルダは祝福してくれました。兄は大喜びで、結婚式を挙げる準備を進めていました。ある日のこと、兄の部屋の電気系統の配線が、故障してしまいました。照明もつかなければ、コンセントに電気も来なくなってしまったのです。兄と僕は東の翼棟、グリゼルダは西の翼棟で生活していたのですが、代わりに使える部屋がグリゼルダの隣の部屋しか空いていないということで、兄は西棟に移ったのです。そしていよいよ、悲劇の晩のことです。もうあと数日で結婚式、というタイミングだったので、夕食後に僕の部屋で、酒を飲みながらジュリアスと二人で話をすることにしました。

『今の部屋の居心地はどうだい、ジュリアス？』と僕は訊きました。

『最悪だよ』とジュリアスは言いました。『グリゼルダは故国を偲んでいるのかもしれないけど、夜中までずっと南米音楽をかけてるんだぜ。それがまる聞こえでさ』

『そりゃたまらんねえ』と、僕は相槌を打ちました。

『それだけじゃないんだ。音楽に合わせて踊っているらしく、時々振動まで響いてくるんだ』

『……グリゼルダ、結構ボリュームあるからな』と、僕はくすくす笑いました。

『しっ。そんなこと、聞こえたら殺されるぞ』とジュリアスは、人差し指を唇に当てました。

『まあ、それも残すところ数日じゃないか。結婚をしてしまえば、屋敷の支配者は君だ。好きなように部屋を使えるさ』

そんなことを、寛《くつろ》ぎながら話していました。そして、適当な時間になったところで、寝ることにしたのです。

酒のせいもあって、僕はぐっすりと眠っていました。その眠りを瞬時に覚ましたのが、屋敷中に響き渡る悲鳴だったのです。僕は飛び起きました。ジュリアスの悲鳴だと、聞いた瞬間に分かっていました。

僕は部屋を飛び出し、西棟の兄の仮部屋まで駆けつけました。扉には、鍵が掛かっていました。

『ジュリアス！　ジュリアス！　どうしたんだ？　ドアを開けて！』

ドアを何度も叩きながら叫びましたが、返事がありません。隣の部屋から、ラテン音楽が響いてくるのに邪魔されていましたが、中から咳の音が聞こえてきました。実はジュリアスも僕も喘息持ちで、ひどい発作を起こすと死すら招きかねないのです。僕は必死で、繰り返しドアに体当たりしました。蝶番《ちょうつがい》が壊れ、ドアが外れました。夢中で、中に飛び込みます。

天井の照明は消えていましたが、ベッドの横の電気スタンドが点いていましたので、部屋の中の様子は見て取れました。なんと、床のカーペットの上にジュリアスが倒れているではありませんか。僕は駆け寄ってひざまずき、ジュリアスを抱き起こしました。彼は咳をして、その合間にひゅーひゅーとか細い息をしましたが、両目はうつろでした。

『おい、しっかりしろ、ジュリアス！　しっかりするんだ！』

僕がいることすら分からないかと思いましたが、やがて、彼の眼の焦点が合いました。かすれ声で何か言おうとしている様子だったので、僕は耳を彼の口元に寄せました。

『何だって？』

すると、ジュリアスはほんの微かな声で、こう言ったのです。

『ヘンリー……綱だ……まだらの綱だ……』

そしてそのまま意識を失ってしまったのです。その時になって、グリゼルダ・ライロットが「一体なにごと？」と部屋から出てきたので、電話で救急車を呼ぶよう頼みました。

僕は待っている間、彼に喘息の吸入器を吸わせようとしましたが、意識がないためになかなかうまくいきません。そしてやって来た救急車によって、病院へと運ばれたのです。

しかしジュリアスは、そのまま意識を取り戻すことはなく、三日後に心肺停止状態に陥り、死亡を宣告されたのです。

担当医師は、おそらくは喘息の発作で首をかきむしったのだろうが、頸部に微かながら圧迫したような痕も見える、と僕にだけ言いました。僕は困惑しました。あの部屋は密室でしたし、ジュリアスが自殺をするわけもありません。

結局、喘息の発作により呼吸困難に陥り、窒息したということになり、特に事件性ありとは判断されませんでした。

僕は、最愛の兄を失い、悲嘆に暮れました。それは、兄の婚約者だったミス・ペルセフォネ・ウィルソンも同様でした。

僕たちはお互いに慰めあううちに、少しずつ惹かれあっていきました。兄に悪い気がして、急接近という訳にはいきませんでしたが。それでも兄が亡くなってから一年後にはようやく付き合うようになり、二年後になって遂に僕はプロポーズしました。ペルセフォネは『あなたがジュリアスと似てるからじゃないのよ』と言いつつも、『はい、喜んで』と言ってくれました。これが、つい先月のことです。あ、これがペルセフォネです。どうです、美人でしょう」

ヘンリーはスマートフォンを操作して、画像を見せてくれた。そこには黒くて長い髪の、目鼻立ちのぱっちりした女性が映っていた。確かに、美人である。

ヘンリーは続けた。「おそるおそるグリゼルダに婚約したことを伝えたところ、彼女は祝福してくれました。ところが、二日前のことです。内装工事をするから、と、グリゼルダは僕に部屋を移るように命じました。ここへきて彼女のご機嫌を損ねたくありませんから、僕はそれに従うことにしました。そうしたら、移動先としてグリゼルダが指定したのは、彼女の隣の部屋――二年前にジュリアスが悲劇を迎えた部屋ではありませんか。

嫌々ながらも、僕は移りました。そして昨晩の夕食後、寝る支度をしていると、ラテン音楽が聞こえ始めたのです。正に、あの悲劇の晩と同じです。僕はぞっとしました。もう、ベッドに入る気は起きません。寝巻きではなく外出着に着替えて、ひそかに屋敷を抜け出しました。表通りに達したところで、携帯でタクシーを呼びました。タクシーで最寄り駅へ行き、そこで夜明かしをして、始発列車でロンドンまで来た――そういう訳なのです」

「それは賢明な判断だ」とシャーロックは言った。「だが、まだ何か話していないことがあるだろう。隠し事をされると、真相が遠のく」

「えっ。いえ、別に何も隠してはいませんが」

「じゃあ、これは何だ」

シャーロックは手を伸ばすと、いきなりヘンリー・ストーナーの片腕を摑み、その袖をまくった。すると、ヘンリーの手首に青いあざがくっきりと見えたのである。

「グリゼルダ・ライロットは元女子プロレスラーだと言っていたろう。随分と酷い目に遭っているようだな」

「いえ、それは、違うんです」そう答えるヘンリーは、耳まで真っ赤になっていた。

「ええと、ペルセフォネの趣味で……手錠とか……」

「シャーロック」とわたしは囁いた。「夜の生活の話だ」

「うん?」一瞬きょとんしていたシャーロックだが、すぐに何のことか分かったようだった。「そうか。それは失礼。だが、他にも訊いておきたいことがある。ジュリアスの最後の言葉は、何だっけ?」

「ま、『まだらの綱』です」と、ヘンリーはまだどぎまぎした様子だった。

「綱……か。それが何のことを指しているか、心当たりは?」

「すみません、さっぱり見当もつきません」

「わかった」とシャーロックは、ぱんと手を叩いて言った。「依頼を引き受けよう。今日、ブロック・モランへ行って、君の継母に知られずに屋敷を見ることはできるだろうか」

「お引き受け頂けますか。本当にありがとうございます。今日は、絶好のチャンスだと思います。用事があって、列車でどこかへ出かけなければいけない、と言っていましたから」

「では少し準備をして、午後に現地へ行こう。……ジョン、君も行けるか？」

「ああ、予定は空いてるから、行けるぞ」

「なら、明日の予定も空けておくんだ。おそらく、泊まりになるだろうからな」

「わ、わかった」

わたしは急いで携帯からメールを送り、仕事のシフトを変更してもらった。

ヘンリー・ストーナーは立ち上がって言った。

「じゃあ僕は、せっかくロンドンへ出たので、結婚式の記念品に何がいいか、百貨店へ見に行きます。それから、ブロック・モランへ戻ります。もちろん屋敷には、お二人より先に帰り着いているようにしますので。それでは後ほど、よろしくお願い致します」

ヘンリーを見送ったあと、くるりとこちらを向いたシャーロックは喜色満面だった。興味をそそられる、怪奇味たっぷりの事件がもたらされたからなのは、一目瞭然だ。

「聞いたか、ジョン。滅茶苦茶魅力的な事件じゃないか」

「そう言うと思ったよ」

「現地に着いたら、禁煙パッチ三枚だな。忘れずに持っていかないと。それから、あれはどこへやったかな……」

シャーロックが、持って行くものの用意を始め、ちらかったガラクタの山を引っ掻き回していた。彼は動き回りながら、喋った。

「なあジョン、『まだらの綱』の綱って、何だと思う？　プロレスのリングのロープだろうか」

「ヨットで操船にロープを使ったりするから、船乗りかもしれないな」と、わたしも考えを述べた。

「近隣に麻薬の売人がいたら、そいつのことを指している可能性もある。麻薬をやる人間の間では、『ロープ』という単語は静脈のことを指す隠語として使うし、マリファナタバコのことを示す場合も……」

シャーロックがいきなり黙り込んだ。何かを考え込んでいる際のパターンだ。どうやら、脳内で「まだら」「綱」という単語を検索しているらしい。

その時、階下で玄関のドアが開き、更には階段を上る乱暴な足音が響いてきた。明らかにミセス・ハドソンではないが、呼び鈴が鳴らなかったところをみると、何者かが勝手に上がってきたらしい。足音を忍ばせてはいないので、こそ泥目的でこっそり入り込んだというわけではないようだ。

入り口に現われたのは、がっしりとした体格の大柄な中年女性だった。その女性は、スカートではなくズボンをはいていた。それもパンツスーツではなく、伸縮性に富んだ動きやすそうなジーンズだった。上半身はタンクトップで、筋肉質でわたしよりも太い、丸太のような腕が見えていた。付け加えるならば、バストも大きかった。

彼女は凄みのある目で、わたしとシャーロックをねめつけた。美貌の片鱗が残っているだけに、それは一層迫力があった。どこか、猫科の猛獣のような雰囲気を漂わせている。

その顔に、見覚えがあった。グリゼルダ・ライロットだ。「アマゾンのスモウ・レディ」が今、ベイカー街221Bにいるのだ。しかし彼女は敵意を露わにしている。わたしは複雑な気分だった。

「どっちがシャーロック・ホームズだい？」と、彼女は酒で焼けたようなハスキーな声で言った。

「ぼくだ」と、脳内検索から戻ったシャーロックは即答した。「どちら様かな」

「ブロック・モランのグリゼルダ・ライロットだよ」

「ああ、そう。……座るか？」

グリゼルダ・ライロットはシャーロックの言葉を無視した。

「あたしの義理の息子がここへ来たろう。あたしゃ、あれを追いかけてきたんだ。あれは何を喋った？」

「太平洋のエルニーニョ現象の影響で、今年も異常気象らしいな」

「ヘンリーが何を喋ったか、と聞いてるんだよ」

「エアコンの販売台数が、例年以上になるそうだ。節電タイプが人気だとか」

「おとぼけでないよ！」グリゼルダは怒鳴った。「あんたのことは、前から聞いて知ってるんだ。スコットランド・ヤードの使い走りをしているんだろう」

これを聞いてシャーロックは怒るかと思いきや、ニッと笑った。

「面白いことを言うおばさんだな。お帰りの際はそちらだ、お間違えなく」

グリゼルダ・ライロットのこめかみに血管が浮かび上がった。

「おばさん呼ばわりして挑発かい。あたしが怒って暴れたら、それで逮捕しようって腹だろう、そうは問屋が下ろさないよ。そっちがヘンリーのことを話さないなら、こっちから言うべきことを言うまでだ。ヘンリーがここに来たことを否定したって駄目さ、分かってるんだから。あれの携帯には、追跡用アプリを入れておいたからね。だから、追いかけて来られたのさ。あれの口車に乗って、あたしを敵に回すんじゃないよ。さもないと、ひどい目にあうからね。……見てな！」

グリゼルダ・ライロットは、つかつかと部屋の隅に歩み寄った。そこには、銛《もり》が立てかけてあった。以前シャーロックが血だらけになって帰った際に持ち帰った、実験で使ったという代物だ。グリゼルダは、その銛を掴んで持ち上げたのである。

わたしは慌てて立ち上がり、攻撃に備えた。だがグリゼルダはそれを投げるわけでもなく、振り回すわけでもなかった。両手でしっかりと握ると、膝に当てて気合とともにぐにゃりと曲げてしまったのである。これにはわたしも啞然としてしまった。

グリゼルダは直角近くまで曲がった銛を床に放り出した。どすん、と重い音が響く。

「くそ生意気な小僧め。あたしに近寄るんじゃない。近寄ったら、あんたもこうなるよ。分かったね。そっちの可愛い坊やもだ」

可愛い坊や。わたしのことらしい。

グリゼルダは、再び乱暴な足音を立てて階段を下っていった。それから、こわれるのではないかというほど大きな音を響かせて、玄関のドアを閉じた。

「たいそう魅力的なご婦人だ」と、シャーロックは笑いながら言った。「あの銛はまた使うつもりで置いてあったんだが、ただの記念品になってしまったな」

「君のバリツの技で、真っ直ぐに戻せないのか」

「バリツは効率的に格闘を行なう技であって、力任せに相手を攻撃する技じゃないんだよ」とシャーロックは鼻で笑った。「あのご婦人が襲い掛かってきたら、バリツで倒す自信はあったがね」

体重差を考えるとずいぶんな自信だが、あえて疑問は呈さなかった。

「とにかく」とシャーロックは続けた。「彼女のおかげでこの事件はますます面白くなってきたぞ。予定よりも早く、ゲームが始まってしまったけどな。危険な事態が発生する可能性もあるから、銃を忘れないでくれよ、ジョン」

シャーロックは、笑みを浮かべたまま両手を擦り合わせていた。その時、彼の携帯からメール着信音が聞こえた。彼は画面を操作し、確認をしている。

「誰からだい」とわたしは尋ねた。

「マイクロフトからだ。今頃になって『ヘンリー・ストーナーをよろしく』だとさ。全く、断りもなく依頼人を押し付けて」

「だけど、事件は気に入ったんだろう」

「まあな」

実はわたしとしても、ブログに書くネタが欲しいと思っていたところである。奇怪な事件が開幕し、これに意外な真相が明らかになれば、願ったり叶ったりだ。

「なあシャーロック」

「なんだ」

「グリゼルダって、元々外国人だよな。もしかしたら、スパイが関係していたりするのかな。マイクロフトがわざわざ念を押してくるというのも、そのせいかもしれない。これは国際的な陰謀事件なのだろうか」

「その可能性は否定できない」

その時のことだ。またしても何者かが階段を上がってくる足音が聞こえてきた。やはり、ミセス・ハドソンのものではない。わたしはシャーロックと顔を見合わせた。

「邪魔するよ」と言って入り口に現われたのは、一人の男性だった。

年齢は三十代半ばぐらいだろうか、仕立ての良さそうな黒いスーツの上下をばりっと着こなしている。髪は黒で目は灰色、顔立ちはくっきりとしている。

素早く彼を観察したシャーロックが言った。

「上着で隠れているが、脇のホルスターに拳銃があるな。スーツの仕立ては英国のものじゃない。言葉もだ。外国の諜報機関の人間だな。南米……おそらくはペルーだ」

「やれやれ、お見通しか」と男はスーツの肩から埃を払いながら言った。「さすがは名探偵シャーロック・ホームズだな。俺はアーミティッジ。ブルーノ・アーミティッジだ、よろしく」

「用件は」とシャーロック。

「おやおや、単刀直入だな」とアーミティッジは口元をゆがめた。「まあいい。その方が話が早い。さっき、ここにレディがひとり来ただろう」

シャーロックが眉根を寄せた。「レディ？　……もしかしてグリゼルダ・ライロットのことか」

「そうだ」

「あれはレディというよりアマゾネスだがな。それを見ろ。彼女の仕業だぞ」

シャーロックは、曲がった銛を指し示した。

「まあな」とアーミティッジは銛を見てくすりと笑ったが、すぐに真顔に戻った。「とにかく、言っておく。彼女には手を出すな。余計な真似をしたら、痛い目を見るぞ」

「聞いたかジョン！」とシャーロックが、わたしに向かって言った。「またしても、ぼくを脅そうという奴が現われたぞ」

「冗談で言ってるんじゃない」とアーミティッジの声が低くなり、眼光が鋭くなった。

「邪魔をしたら、命の保証はしない」

「それで？　お前は何を曲げてくれるんだ？　火かき棒か。それなら暖炉《だんろ》の横だ」

アーミティッジが苦々しげな顔をした。

「もうちょっと話の分かる奴かと思ったんだがな。とにかく、警告はしたからな。次に会う時は、容赦しないから覚悟しろよ」

彼は捨て台詞を吐くと、部屋から出て行った。玄関の扉が閉まる音がしたところで、わたしは言った。

「今日は千客万来だな。あんなことを言われたが、どうする」

「どうするって、手を引くかって？　とんでもない、ますます楽しくなってきたよ。何人もの人間がこの事件を気にしているということは、それだけ重要だという証拠だしな。こうなったら、絶対に手放すもんか」

確かに、シャーロックはそういう人間だった。

その後シャーロックは「足りないものがあるから調達してくる」と言って外出していたが、しばらくしてアタッシェケースを下げて帰ってきた。

「それは何だい」と、わたしは質問した。

「今日、使うものさ。これで準備万端だ。君の方の用意がよければ、すぐにでも出発しよう」

一階でミセス・ハドソンが顔を見せた。

「あら、二人仲良くお出かけ？」

「泊まりになります」とシャーロック。「だから夕食はいりません」

「あら、最初から夕食を用意するなんて言ってないわよ。あたしは家政婦じゃないんですからね」

「とにかく、行ってきます」

シャーロックはご機嫌で、ミセス・ハドソンの頰にキスをした。

わたしたち二人は一緒にタクシーに乗ってウォータールー駅に出た。そこから、レザーヘッド方面行きの列車に乗るのである。

鉄道での移動中、シャーロックは同じ車両に乗り合わせた乗客や、停車駅のプラットフォームにいた乗客を観察しては、その職業や家族構成などを推理し、結論を披露してくれた。現地での推理に備えて、頭脳の準備運動をしていたらしい。

レザーヘッド駅は、レンガ造りの駅舎のある、いかにもな田舎駅だった。乗降客も少ない。駅前は寂《さび》れていたが、幸いなことにロータリーに一台だけタクシーが停まっており、お腹の肉がズボンからはみ出した中年男のドライバーが車体に寄りかかってタバコを吸いながら新聞を読んでいた。

シャーロックはつかつかとドライバーの至近距離まで一気に歩み寄った。

「な、なんですか」と、ドライバーは新聞を畳みながら言った。

「ああ、気にしなくていいから」と言って、シャーロックはドライバーのくゆらしているタバコの煙を鼻から吸い込んだ。

「……一本差し上げましょうか？」と、ドライバー。

「いや、いいんだ」と、わたしが答えた。「彼はいま、禁煙中なんだ」

「よし」と、満足したのかシャーロックが言った。「ストーナー屋敷へやってくれ」

「あ、お客さんだったんすか」と、ドライバーが慌てて運転席へ入った。「ようがす」

タクシーが走り出すと、シャーロックが運転席に身を乗り出して、ドライバーに言った。

「君、奥さんと仲直りした方がいいぞ」

「えっ」ドライバーが目を丸くして後ろを振り向いた。

「おい！」とわたしは怒鳴った。「前を見て運転してくれ」

「や、そりゃそうだ」とドライバーは前を向いたが、続けた。「あっしがかみさんと喧嘩中って、なんで知ってるんですか。妻の知り合いか何かですかい」

「いや、知ってたわけじゃない。今分かったんだ」とシャーロックは、シートに深くもたれながら言った。「君のズボンは、ずっときちんと手入れされて折り目がついていた形跡がある。しかしここしばらく、アイロンがかけられていない。ズボンのウエストのサイズも合っておらず、お腹の肉がはみ出している。急激に太った証拠だ。アイロンをかけてくれていた人物、つまり奥さんが急にいなくなったということだ。食事も外食ばかりになり、食生活が変わって太った。奥さんが亡くなったとか入院中と言う可能性もあるが、それだったらどちらかというと心労で痩せるだろう。そんなに落ち込んでいる様子もない。ということは、喧嘩をして奥さんが家出中ということだ。謝ってでも仲直りしないと、そのうち肥満でコレステロール数値が上がるだろうし、ズボンも買い換えなければならなくなるぞ」

「……何もかも、お客さんの言う通りですよ。わかった、お客さんたちを運び終わったら、かみさんに電話しますさぁ」

タクシーは、サリー州の風光明媚な景色の中を走り続けた。

「もう少しですが、お屋敷の正面につければ宜しいですか」とドライバー。

「いや、ちょっと待ってくれ」シャーロックは携帯を取り出し、電話をかけ始めた。その内容からして、相手はヘンリー・ストーナーらしかった。

電話を切ると、シャーロックは言った。「正面ではなく、東側に回ってくれ。そっちに、脇からの入り口がある」

「ああ、どこのことかわかりました」

やがて、鉄柵に囲まれた広い土地が見えてきた。そこは緩やかな斜面の庭園となっており、その奥の方に館が建っていた。

「あれですよ、旦那方」と、ドライバーが言った。

やがてタクシーは、鉄柵が小さな門になっているところで停まった。それと同時に、門の中からヘンリー・ストーナーが出てきた。

我々が乗車賃を払って降りると、ストーナーが言った。

「お待ちしてましたよ、シャーロック・ホームズさん、ワトソン先生。どうぞこちらへ。グリゼルダは、出かけてまだ戻っていません」

彼に従って門をくぐりながら、シャーロックが言った。

「グリゼルダ・ライロットには、あの後お会いしたよ。ぼくらの部屋でね」

ヘンリー・ストーナーは足を止めて振り返った。その顔は、青ざめていた。

「では、僕の跡をつけていたんですね」

「そのようだ。ああ、それで思い出した。ヘンリー、君の携帯を貸してくれ」

「え、いいですけれども」

ストーナーはジャケットのポケットからスマートフォンを取り出し、シャーロックに手渡した。

シャーロックはそれを何やら操作し始めた。

「な、何をなさってるんです?」

「よし、完了だ」そういうと、シャーロックは携帯をストーナーに返した。「君は、この携帯に入っている追跡用アプリのおかげで尾行されていたんだ。そのアプリは解除しておいたから、安心しろ」

「なんと。彼女はそんな卑劣なことをしていたんですか」

「予想外だった?」

「いえ、いかにも彼女のやりそうなことです」

屋敷は灰色の石造りで、苔がまだらに生えていた。中央の高い棟から、左右に翼棟が飛び出している。

建物の裏口で、ヘンリー・ストーナーはデジタルオートロックに暗号コードを打ち込んで解除してから、ドアを開いた。

「どうぞお入り下さい」

現代的なセキュリティこそかけられているものの、内部は昔ながらの田舎屋敷だった。

やや色あせた赤いカーペットの敷かれた廊下が続く。空気は冷たい。

「監視カメラは？」とシャーロックが問うた。

「いえ、そこまではありません」とヘンリー。「こちらは僕ら兄弟が使っていた東の翼棟です」

我々は、中央の棟を通り、反対の西の翼棟へと進んだ。シャーロックがくんくんと鼻を鳴らした。

「動物臭いな。ネズミでもいるのか」

「ああ、それならグリゼルダが南米から連れてきた動物の臭いです。彼女が勝手に改築をしていた話はしましたよね。動物小屋まで増築して、こちらの翼棟から直接行けるようになってるんです。その動物は、夜中には庭に放し飼いにしてますよ」

そしていよいよ、ヘンリー・ストーナーが二日前から寝泊りしているという部屋——悲劇の現場——へと入った。

シャーロックは、この部屋に入るなりコートのポケットから何かアンテナのある、一見すると小型トランシーバーのようなものを取り出し、操作を始めた。

「なんだい、それは」とわたしは尋ねた。

シャーロックは唇に人差し指を当てて、沈黙を要求した。わたしが黙っていると、そのアンテナを部屋のあちらこちらに向けた。

「……大丈夫なようだな」とシャーロックは言いながら、機械をポケットにしまった。

「盗聴器発見機だ。盗聴はされていなかった。もう喋っていいぞ、ジョン」

そんな機械を使うということは、やはりシャーロックも国際スパイ事件の可能性を考えているのだ。

「それが何か分かったから、もういいよ。……いや、今度は何だ」

シャーロックが、ポケットから次の機械を取り出して、それを壁に向け始めたのだ。

「レーザー距離計だ。部屋の大きさを測っている」

続いてシャーロックは、常に持ち歩いているレンズを取り出し、壁に張り付いたり床を這い回ったりして、丹念に調べて回った。

彼は立ち上がり、窓辺へと向かった。

「昨晩、窓の状況は？」とシャーロックは問うた。

「ガラス窓も、内側の鎧戸も、閉めっぱなしです」とヘンリーは言った。「鍵も掛かってます。昼間はこの部屋にはいませんから。部屋にいるのは寝る前と、寝てる間だけです」

「君の兄が亡くなった晩はどうだった」

ヘンリーは、一瞬考えてから答えた。「やはり、閉まっていましたね。それにセキュリティ会社と契約していますから、外から侵入しようとしたら、アラームが屋敷中に鳴り響き、セキュリティ会社にも警報が送られて、警備員が飛んできますよ」

シャーロックの調査の対象が、家具へと移った。彼はベッドを確認すると、呟いた。

「ふん。奇妙だな」

「何がだい」とわたしは尋ねた。

「ベッドを動かしてみろ」

わたしは言われた通り、ベッドを押してみた。ところが、そんなに重そうなベッドには見えないのに、びくともしないのだ。しばらく奮闘した後にベッドの足を確認すると、なんと床に固定されているではないか。

「なんだよ。動くわけがないじゃないか」と、わたしはシャーロックにこぼした。

「やっと分かったか。ぼくはそのことを言ったのさ。奇妙なのはそれだけじゃない。ベッドの頭上の壁面には、丸い通気孔がある。だがそれは、外ではなく隣室に通じているんだ。音楽が聞こえてくるのも当然だ。こんな通気孔、初めて見たよ」

わたしはその通気孔を調べてみた。部屋の向こう側に金網を被せてあるが、確かにホームズの言う通りだった。また、その穴に黒いビニールで被覆されたケーブルが通してあることにも気が付いた。ケーブルは壁を這ってベッドの枕元へと下りている。更に伝っていった先にあったのはテレビだった。

「テレビのアンテナ用ケーブルのようだな」とわたしは言った。「隣室と分波するのに、壁に穴を開けずに済むよう、通気孔を利用したんだ」

「ヘンリー、隣の部屋を見ることはできるか？」

「それは無理です」と、ヘンリー・ストーナーは即答した。「グリゼルダが、他人はもちろん、僕ですら入れようとはしません。入れるのはグリゼルダ本人だけです。そもそも、以前ならば僕はこちらの翼棟へ来ること自体、滅多にありませんでしたから。工事中の代わりの部屋を、ここに指定されたことが既に不可解なのです」

「では、可能な限りの場所を見せて頂こう」

シャーロックは廊下に出て、そこでもレーザー距離計を使用した。また庭に出て、外からも計測をしている。

「何をしているんだい」とわたしは尋ねた。

「建物の横幅と、それぞれの部屋の大きさを測っているんだ」

「何のために？」

「頭を使え。隠し部屋がないかに決まっているだろう。グリゼルダの部屋には入れなかったので他の計測値から推測するしかないが、隠し部屋はなさそうだ。悲劇の現場に、秘密の隠し扉もなかったし」

ヘンリー・ストーナーが、そわそわし始めた。

「あの。そろそろ、グリゼルダが帰るかもしれない時間なのですが。あなたを屋敷に入れていることがばれたら、どんな目に遭うか……」

「分かった」と、シャーロックが器具をポケットにしまった。「今はここまでにしよう。……この近くに食事をできるところは？」

「通りに出て、駅の方に少し戻ったところに、〈クラウン＆アンカー亭〉という宿を兼ねた田舎食堂があります。そこなら、宿泊もできますよ」

「いや、宿を取る必要はない。今夜、君の寝るべき部屋で、夜明かしをさせてもらう。後でメールで連絡を取り合おう。タイミングをはかって、セキュリティを切ってくれ。その間に、ぼくらは入り込むから」

ヘンリーと詳細を打ち合わせた後、シャーロックとわたしは屋敷を後にした。そして歩いて、〈クラウン＆アンカー亭〉へ行った。もう夕方も遅い時間になっていたので、夕食を食べて備えておくことになった。地元のエールが旨そうだったが、夜中の張り番をするのに眠くなってはいけないので、アルコール類は我慢する。それでもヤマシギ料理が絶品だったので、十分に満足だった。地元民の交流の場になっているらしく、飲み食いしながらカード賭博やサイコロ賭博に興じる人々もいた。

食後、シャーロックは「まだらの綱……まだらの綱……」とつぶやきながら、ずっと考え込んでいた。他の客の外見から推理した、個人的な情報の数々を披露することもない。

突然、シャーロックがふっと我に返って言った。

「ジョン、絶対に振り向くなよ」

「え、なんだよ」

「入り口の方、他の客の影に隠れているが、ブルーノ・アーミティッジがいる」

「アーミティッジ……さっき221Bに来た男か」

わたしは携帯を取り出し、メールをチェックする振りをしてミラー機能を起動し、背後を確認した。確かに黒髪の男、アーミティッジがちらりと見えた。

「僕らを尾行して来たんだろうか」とわたしは問うた。

「どうかな。ヘンリーとグリゼルダがこの地に住んでいることは、とっくに知っているだろうからな」

やがて、ヘンリーとの約束の時間になった。

「よし、行くぞ」と、シャーロックが立ち上がった。

店を出る時には、もうブルーノ・アーミティッジの姿は見えなかった。

わたしたちは、屋敷の敷地前へと戻った。建物の方を見晴るかすと、何かが光るのが見えた。その光が「O」「K」という文字を描く。

「合図だ。今のうちに入るぞ」とシャーロック。

わたしとシャーロックは、先ほどの門から入った。鍵は開いており、アラームも鳴らない。ヘンリー・ストーナーがセキュリティを切ってくれたのだ。今の光は、その完了のサインだったのである。

月明かりのおかげで、携帯の照明を使ったりしなくても、十分に庭の様子は見えた。逆に、木の影に隠れるようにして、移動しなければならなかった。

その時、庭に幾つかの影が立っていたので、ぎょっとして足を止めた。影の正体は人間ではなく、動物だった。コブのないラクダをスケールダウンしたような——それでも体高はわたしの胸ぐらいまではあっただろうか——動物が、何匹も闊歩していたのだ。

「シャーロック、ありゃ何だ？」と、わたしは囁いた。

シャーロックは、携帯で検索をしながら小声で答えた。

「学名ラーマ・グラーマ——通称リャマだ。南米原産の哺乳類、偶蹄目ラクダ科の動物だよ。安心しろ、草食動物だし、ラクダほど性格は荒くない。君を襲ったりはしないよ」

リャマの一頭が、こちらへ近付いてきた。威嚇するのかと思いきや、鼻先を擦り付けてくる。どうやら、餌をねだっているらしい。よくよくみると、目が大きくぱっちりしている上にまつげが長く、可愛らしい顔つきをしている。

わたしはリャマに向かって話しかけた。

「ごめんよ、残念ながら、君にあげられるような物は何も持ってないんだ。ほら」

両の手のひらを上げて何もないことを示すと、リャマも期待外れだったことに気付いたのか、わたしに興味を失って歩き去っていった。

その時、別な種類の獣が現われた。四足動物だが、黒っぽく、どちらが前だかわからないような形態をしている。進行方向からして、細い方が頭らしい。

「シャーロック、今度は何だ?」と、わたしは問うた。

シャーロックは、またしても指先で素早く検索する。

「学名マーメコファーガ・トリダクティラ——通称オオアリクイだ。哺乳綱有毛目アリクイ科。やはり南米原産の動物だ」

そう聞いて、わたしは震え上がった。

「あ、あれは人を襲うだろう。夫をオオアリクイに殺された、という文章をどこかで読んだ気が……」

シャーロックは噴き出した。

「そりゃスパムメールだ。オオアリクイが食べるのは、主にアリやシロアリ。だから、人間の肉は食わない」

わたしはほっと安心した。オオアリクイはこちらに興味もないのか、ただうろうろしているだけだった。

「それならよかった。しかし……まるで動物園だな」

グリゼルダはペルー出身だから、故国を偲ぶよすがということなのかもしれない。

屋敷の裏手に回ったところで、シャーロックは携帯で時間を確認する。

「予定通りだ」

彼が勝手口のドアを二・三・二と小さくノックすると、かちゃりという鍵の開く音とともにヘンリー・ストーナーが姿を見せた。

「入ってください、急いで」と、ヘンリーが小声で言った。

我々が入ったところで、音を立てないようにヘンリーはドアを閉め、鍵を掛けた。

「見つからないように、部屋へどうぞ」

シャーロックの指示で、靴を脱いで歩いた。これだと、足音を立てずに済む。

しかし、そんな配慮も無用だったようだ。問題の部屋へ近付くにつれ、ラテン音楽が響いてきたのだ。隣の、グリゼルダの部屋からだ。

だが、ヘンリー・ストーナーが使っている部屋も、無音ではなかった。入ると、テレビがつけっ放しになっており、スポーツ・ニュースが流れていたのだ。ちょうどサッカーの試合の結果をやっている。これがカムフラージュのためであることは、わたしにも分かった。ヘンリーが起きていて部屋にいる、という偽装になるし、我々の出入りの音も誤魔化せる。

シャーロックはヘンリー・ストーナーに言った。

「では予定通り、これからぼくとジョンがこの部屋で寝ずの番をする。君は、本来の自分の部屋で今晩は寝るんだ。工事中で不便だろうが、一晩だけ我慢してくれ。部屋に入ったら鍵をかけて、ぼくらからの連絡がない限り、絶対に開けないように」

「わかりました。お二人ともくれぐれもお気をつけて」

ヘンリーは、音を立てないように部屋を出ていった。シャーロックは、ドアの内側から鍵をかける。

やがてスポーツ・ニュースが終わったところで、シャーロックはリモコンでテレビを消した。天井の照明も消し、ベッド横の電気スタンドだけにする。

シャーロックが、持参したアタッシェケースを、床の上で開いた。そして、その中から取り出したものをわたしに手渡した。

シャーロックが、小声で言った。

「ジョン、これを使え。もうひとつあるから、ぼくも使う」

軍隊経験のあるわたしには、それが何であるか一目でわかった。双眼鏡のようなものが付いたゴーグル。……暗視ゴーグルだ。なるほど、これがあれば暗闇の中でも物が見える。『まだらの綱』とやらが出現しても、すぐに判るはずだ。

「マイクロフトに借りたのか」

「まあな」

「『まあな』って」

「陸軍の出先機関へ行って、マイクロフトの名前で借りてきた。……マイクロフトには無断でな」

「……どうせ、もう連絡が行ってるよ」

暗視ゴーグルのセッティングが終わると、シャーロックが電気スタンドも消灯した。

室内は真っ暗になったが、ゴーグルのおかげで問題なく見渡せる。

やがて、シャーロックが囁いた。「ジョン、ベッドに横になるんだ」

「ええっ。なぜ」と、わたしも小声で囁き返した。

「シチュエーションを同じにしないといけない。さもないと、謎の事象が発生しない可能性があるからな」

つまり、わたしがかつての被害者と同じ立場に立つことになる。……あまりいい気分はしない。

「だったら君が寝たっていいじゃないか」

「そうしたら、部屋全体を包括的に観察できない。それだと、何かあった時に対処できないんだ。それにジョン、従軍経験のある君なら万が一危険が迫っても対応できるだろう」

そう言われては、嫌だからとは言えない。仕方なく、ベッドの上に転がった。但し、非常の際は即座に対応できるよう、靴は履いたままにしておいた。

「だが本当に寝るなよ。寝たら、危険なことになりかねん」

危険なら自分でやれよ、と思った。

シャーロックは、動物園のクマか何かのように、部屋の中をうろうろと歩き回る。

日が変わり、時間ばかりが過ぎていく。わたしは一瞬うとうととしてしまい、シャーロックに揺すり起こされた。

やがて突然、通気孔のあたりから光が差したかと思うと、すぐに消えた。隣室の方から、何かの気配が伝わってきた。

緊張が頂点にまで達した、その瞬間。

「ジョン、頭の上だ、気をつけろ！」とシャーロックが小声ながらも鋭く言った。

わたしは頭上を見上げた。暗視ゴーグルを通してわたしが見たのは――まだらの綱だった。

まだらの太い綱が、くねくねとくねりながら、通気孔からこちらへと伸びてきていたのだ。

それは先端からしゅうしゅうと音を発しており、左右にはガラスのような二つの眼があった。

わたしがあまりのことに凍り付いていると、なんたることか、それがいきなりわたしの首に巻きついたのである。

しまった、と思った時にはもう遅かった。ぐいぐいと、凄い力で締め上げてきたのである。

両手でまだらの綱を掴み、必死で緩めようとするが、全く無駄だった。それどころか、少しずつ輪が狭まっていくのが、自分でも分かった。

呼吸ができない。頸動脈も圧迫され、脳に血が届いていない。目の前が暗くなってくる。

その時、ばちばちばちと何かがはぜるような音が響いた。一旦止み、また続く。

いきなり、絞めていたものの力が弱まり、首から外れた。

わたしはベッドへとそのまま倒れ込み、咳き込んだ。やっと呼吸ができた。頸動脈がその役目を取り戻し、視界が回復する。

「大丈夫か、ジョン！」

シャーロックが、駆け寄ってきた。片手に、シェーバーのような機械を持っている。先刻のはぜるような音の正体が判った。スタンガンだ。

「……あまり大丈夫じゃないが、死んではいないよ。ここに転がっていろと言った君の首を絞めてやりたいところだが……助けてくれたからチャラにしてやる」

その時、隣室から何やら大騒動が聞こえてきた。何かが暴れまわるような音、そしてその後に悲鳴が繰り返し続いた。それもかなり大きな悲鳴で、後に判明したところでは、村中で聞こえたという。

「あれは何だ、シャーロック？」

「どうやら、悲劇が終わったということのようだ。君が起き上がれるようになったら、隣室へ行ってみよう」

　シャーロックがスタンガンを持って先に立ち、わたしも自分の拳銃を手にその後についていて、廊下に出た。窓から差す月明かりで十分に明るいので、わたしもシャーロックも暗視ゴーグルを外した。隣室まで歩き、ドアをノックした。しかし、何も返事はない。

　我々は顔を見合わせてうなずくと、わたしがノブを回してドアを開き、二人して部屋に突入した。

　そこには信じがたい光景が、我々を待っていた。

　部屋の中には――ゾウがいたのである。

「……シャーロック」

「なんだ」

「僕は今日、一滴も酒を飲んでいないぞ」

「知っている」

「だけど今、目の前の部屋の中に、ゾウがいるように見えるんだ」

「大丈夫だ。幻覚じゃない。ぼくにも見えている」

わたしは大きく安堵の吐息をついた。そして周囲まで見回す余裕ができた。ゾウの足元には二人の人間が倒れており、明らかに死んでいた。服装からして、ひとりはグリゼルダ・ライロットだった。もうひとりは、若い女性だった。

胴体が、通常ではあり得ない形につぶれており、ぴくりとも動かない。辺りのカーペットは、血で真っ赤に染まっていた。

「……シャーロック」

「今度はなんだ」

「ぼくは君ほど賢くないが、それでも頭脳を駆使して出した結論は『あの二人はゾウに踏み殺された』というものなんだが」

「ほう。珍しいな、一発でぼくと結論が一致した」

「ということは、我々も踏み殺されないうちに、一旦この部屋から退散した方がいいんじゃないだろうか」

「ああ、その意見に賛成だ」

わたしとシャーロックはゾウを刺激しないように静かに部屋を出て、静かにドアを閉めた。

「しかし」とわたしは言った。「あのもうひとりの女性は何者だろう」

「なんだ、判らなかったのか。女に強い君らしくもない」

「会ったことのない人だと思うけど」

「会ったことはないが、見たことはあるはずだ。ヘンリーのスマートフォンでな」

「……ペルセフォネか！」

思い出した。確かに、あんな感じの髪だった。先に見たのが静止画像で、次に見たのが死体だから、自信はなかったが。

「確かなのか」

「ああ。だが今は、警察への連絡が先だな」

廊下で、シャーロックはレストレード警部に電話をした。

「……起こして悪かったって。とにかくそんなわけだから、今すぐ警官を寄越すんだ。管轄が違う？　そんなこと分かってるに決まってるだろう。ぼくがいきなり州警察に電話しても信用してもらえないかもしれないからだ。ヤードの警部からなら、話を聞いてもらえる。何せ警官だけでなく、ゾウを扱える人間も必要なんだ。聞こえなかったのか、ゾウだ、動物のゾウだ。鼻が長くて耳が大きくて体がでかい、ゾウだよ。動物園からでも、サーカス団からでも構わないから、手配してくれ。わかったな」

その通話の間に、わたしは無駄だろうとは思いつつ、救急に電話をしておいた。

二人とも電話を終えたところで、シャーロックが言った。

「ジョン。ゾウの鼻には気付いたか？」

「え？　何のことだ」

「やれやれ。肝心のことに気付かないんだな、君は。ちょっと中を見て、確認してみろ」

わたしは、ドアをほんの少しだけ開いて、室内を覗き込んだ。そこでは、相変わらずゾウが立っていた。その鼻は……。

「あっ。まだらだ！」

わたしはようやっと、シャーロックが何を言わんとしているのかを理解した。室内にゾウがいたため、衝撃のあまり失念していたが、我々は「まだらの綱」の正体を確認するために、この部屋に足を踏み入れたのだった。そしてその正体とは。

「あのゾウの鼻が、『まだらの綱』だったのか！」

「やっと理解したか。その通り」

「ぼくは今の今まで、てっきり南米原産のアナコンダのような大蛇だとばかり思い込んでいたよ」

「それこそ、グリゼルダ・ライロットの思う壺だ。『まだらの綱』が目撃されてしまった場合でも、その正体が大蛇だと思われていれば、万が一家捜しされても『この部屋にいるのはゾウです、大蛇じゃありません』と主張できるからな。そのためにグリゼルダは光沢のある材質で、まだら模様のストッキングのようなものを作った。更にガラスの目玉を、取り付けた。それをゾウの鼻にかぶせて、通気孔から隣室に突っ込ませていたのさ。よく考えてみたまえ、どれだけ仕込んだとしても、アナコンダがうまく人間の首を絞めてくれるだろうか？　だが賢いゾウなら、飼い主にそのように仕込まれれば、鼻で人間の首を絞めることはできるだろう」

「確かに。訓練されたゾウは、サーカスで曲芸だってやってみせるな。……しかし、あの大きなゾウを、どうやって部屋に入れたんだろう」

「簡単なことだ。入り口から入れたのさ」

「だって、入らないじゃないか」

「今はな。だがゾウだって生まれた時から、あの大きさだったわけじゃない。子ゾウのうちにあの部屋に入れて、飼っていたんだ。ヘンリー・ストーナーは、寄宿学校に入れられてから、何年もここへ帰ってなかったと言っていたろう。その間に飼い始めて、あそこまで成長したのさ」

「あっ。それなら確かに……。でも、家の中でゾウを飼っていたら、気付かれてしまいそうなものだが」

「そこがグリゼルダ・ライロットの悪賢いところでね。庭でリャマやオオアリクイを飼っていただろう。あれは、ゾウを飼っていることを隠すカムフラージュだったんだ。餌を大量に買っても、庭の動物たちのためだと思われるだろう。もちろん、量をきっちり調べればばれるだろうが、誰もそこまで確認などしやしない。また、たとえ家の中で獣臭くても、リャマやオオアリクイのせいだと思われるだろう」

「なるほど。とはいえ、ゾウは大きな声で鳴くから……あっ」

「どうやら君も気付いたようだな。おそらくは鳴かないように躾けたのだろうが、それでも万が一鳴いてしまうこともあるだろう。そんな時のために、グリゼルダは南米音楽を掛けっぱなしにしていた上に、ダンスをしているのだと説明したのさ」

「そうか、それなら足音の振動も……」

「その通り。それにそもそも、ジュリアスとヘンリーは、いよいよという時までグリゼルダとは別な翼棟で生活していたろう。だから二人とも、同じ屋敷の中にゾウがいるなどとは分からなかったのさ。何年も後にこんな奇計を用いるためにゾウを飼い始めたのか、それともゾウを飼っていたがゆえに計画を思いついたのかは、最早グリゼルダが死んでしまったから、確認できないがな」

「しかし……あのゾウはこれまでグリゼルダに飼われてきたのだろうに、どうして急にいま踏み殺してしまったのだろう」

「そりゃあ、ぼくが『まだらの綱』……ゾウの鼻に、スタンガンで攻撃を加えたからさ。ゾウは初めてそんな目に遭った上、電撃を与えたぼくのことは見えていないから、通気孔に鼻を突っ込むように命じた人間に対して、怒りをぶつけたのさ。だが、あのゾウがかつてジュリアス・ストーナーを絞め殺し、そして今回二人を踏み殺したからといって、処分されたりしないよう、擁護してやらないといかんな。ゾウは命じられて曲芸の一種のようなつもりでジュリアスを殺してしまったのだろうし、今回二人を殺したのも、あくまで事故なのだから」

「だが、どうしてあそこにミス・ペルセフォネ・ウィルソンがいるんだ。しかも、死体で」

「おそらく彼女は、グリゼルダの共犯者だったんだな。ジュリアスとヘンリーが他の女性と結婚し、グリゼルダの手の届かないところへ行ってしまったりしないようにする役目のね」

その時、シャーロックの携帯にメールが着信した。彼は画面で確認した。

「ヘンリーからだ。今の騒ぎで気付いていなかったが、既に何回か『何があったのでしょう』と問い合わせて来ていた。ペルセフォネの件ではショックを受けるだろうが、仕方がない、出てきてもらおう」

シャーロックが返信し、すぐにヘンリーがやってきた。シャーロックとわたしとで経緯を説明すると、彼は真っ青になった。

「そんなバカな。ペルセフォネがここにいて、しかも死んだなんて僕は信じません」

わたしとシャーロックは、仕方なくドアを開けて部屋の中を見せた。ヘンリーはふらふらになり、わたしが支えてやらねば倒れてしまうところだった。

「どうして……どうしてペルセフォネが……」

そうヘンリーが言った直後、背後からいきなり声がしたので、わたしは驚いてしまった。

「ペルセフォネは、グリゼルダの娘なんだよ。最初の夫のね」

はっとなって振り返ると、そこには黒いスーツの男――ブルーノ・アーミティッジが立っていた。

「あ、勝手に入らせてもらったよ。セキュリティは破らせていただいた。職業柄、たやすいことでね」

「ふん」とシャーロックは鼻を鳴らした。「お前は何か知っているようだな。教えてもらおうか」

「それが人に教えを請う態度かねえ。まあいい。ペルセフォネは若いながらも、ペルーで何人もの男を騙しては殺して財産を奪ってきた凶悪な犯罪者でね。数年前、追われて本国からロンドンに逃げてきた。自分の父親と離婚した母親、グリゼルダを頼ってね。グリゼルダとしても、ペルセフォネの存在は渡りに舟だった。ペルセフォネがまずジュリアス・ストーナーをたらしこむ。そして殺害。次のターゲットは、そこのヘンリー君だったという訳だ。俺はずっとペルセフォネを追ってきた。ようやく居場所を見つけ、捕まえられると思ったら、こんな結末になってしまってやれやれだよ」

アーミティッジは、そう言って肩をすくめた。「嘘だ……」とヘンリーが頭を左右に振った。

「……ペルセフォネが僕を騙してたなんて……殺そうとしてたなんて……」

「しょうがないな」とアーミティッジは言うと、シャーロックの方に向き直った。「あとであんたに、ペルセフォネの過去の悪行についてファイルをメールしとくよ。あんたから、説明してやってくれ」

「ああ、そうしてくれ」とシャーロック。「そうしたら、英国で勝手に捜査活動を行なっていたことには目をつぶってやる」

「全く」とアーミティッジは苦笑いした。

「ほんとにいけすかない奴だな」

シャーロックは平然と「お互い様だ」と返した。

後日、わたし宛に、ヘンリー・ストーナーからようやくショックから立ち直った旨のメールが届いた。グリゼルダの死により彼が屋敷の主となり、今では静かに暮らしているという。動物たち——リャマ、オオアリクイ、そしてゾウ——は、いずれも動物園に引き取ってもらった。ゾウを部屋から出すためには、壁を一部壊さねばならなかったということだ。

——今回の「まだらの綱」の事件は、このようにして記録には残した。しかし、これはこのまま公開することはできない。ヘンリー・ストーナーの仕事や、外国の捜査官が関係したことなどから、秘匿義務が発生してしまったからだ。マイクロフトからも、念押しがあった。とはいえ、部屋の中にゾウがいた、というエピソードは完全に埋もれさせるには、あまりにも惜しい。少しシチュエーションを変えて、部分的にブログに書くことだけは、許していただこう。

著者あとがき

シャーロック・ホームズとジョン・H・ワトソンの設定はそのまま生かし、舞台を現代に移した、ベネディクト・カンバーバッチ&マーティン・フリーマン主演のBBCドラマ『SHERLOCK／シャーロック』。その面白さ、素晴らしさはご覧になった方には説明するまでもないでしょう。万が一ご覧になっていない方でも、その話題性や評判は耳にしておられることと思います。

そんな『SHERLOCK』にインスパイアされた現代物のホームズ・パスティーシュ短篇を、これまで書いてきました。《ミステリマガジン》誌に断続的に掲載されたのですが、その際、編集部が日本BBCさんに「このようなものを載せますがよろしいでしょうか」とうかがったところ、なんと快くOK頂けました。それらの作品五篇に、書き下ろし一篇を加えてまとめたのが、本書になります。

以下、それぞれの作品についての解説、と言うか裏話を。

「ジョンの推理法修業」

《ミステリマガジン》二〇一二年九月号掲載。同誌で初めて『SHERLOCK』を取り上げた「シャーロック再生《リボーン》」特集号です。まだ『SHERLOCK』を取り上げる雑誌自体が少ない頃で、しかも初めて『SHERLOCK』を表紙にした雑誌だったこともあり、発行直後に売り切れとなりました。

元ネタとしては、何を使うか悩みました。ドラマが現在進行形なので、できれば後々バッティングすることは避けたい。考えた末に「そうだ、経外典を使えばいいんだ！」と思いついた次第。経外典（アポクリファ）とは、コナン・ドイル自身が書いたシャーロック・ホームズのパロディや戯曲、もしくはホームズらしき人物が登場する作品数篇のことを指します。

その中から元ネタとして選んだのが「ワトソンの推理法修業」という短篇。これのシャーロック・ホームズとワトソン博士を、現代のシャーロックとジョンに置き換えたらどうなるか――と書きました。

ただ、元の作品が思ったよりも短かったため、他の経外典もはめ込みました。まずは「競技場《フィールド》バザー」という短篇。更に戯曲「まだらの紐」のうち、メインの依頼人が現われる前の、ベイカー街221Bでのやりとりのパートです。

　ですが後日、ドラマのシーズン3を観て、愕然としました。やはり経外典である「消えた臨急」という短篇が、元ネタとして用いられているではありませんか。とすると、「ワトソンの推理法修業」もいつか使われてしまうかもしれません……。


「ジョン、全裸連盟へ行く」

《ミステリマガジン》二〇一三年四月号掲載。同誌のシャーロック特集第二弾「「シャーロック」とそのライヴァルたち」特集号。前回に引き続き、あっという間に完売。

同号は《禁断の百合ホームズ》という小特集も組まれていました。この場合の「百合ホームズ」とは、ホームズとワトソンの両者を女性化したものを差します。編集さんは当初、わたしにも「百合ホームズ、書きませんか」と持ちかけてきました。わたしは一旦「考えさせて下さい」と答えたのですが、熟考した末「すみません。やはり百合は無理です。普通の（というのもヘンですが）現代版オマージュにさせて下さい」とお願いし、本作を書いたのです。

　一作目は恐る恐る書いたのですが、その後ドラマのシーズン2を観て「ハダカ出していいんだ！」「原作ネタをダジャレにしていいんだ！」と感動し、出来上がったのが本作です。

　元ネタは「赤毛連盟」。また、原典の中でも「赤毛連盟」と同工異曲である、と指摘されているアレも、部分的に導入しています。ハダカこそ出したものの、展開はシリアス……なつもりで書きました。

タイトルは、ただ「全裸連盟」とするのも……と考えた末に、「ジョン、全裸連盟へ行く」としました。その結果として、これ以降「ジョン…」という題名スタイルで統一することになったのです。

「ジョンと人生のねじれた女」

《ミステリマガジン》二〇一四年五月号掲載。遂にシャーロック特集号でなくても載るようになってしまいました。これまでは年一回のシャーロック特集時に掲載というペースだったのですが、編集さんに「短篇集にまとめましょう！ そのために以降は隔月で書いて下さい！」と言われてしまったのです。

実は他誌でやはり連作短篇の隔月連載をしていたので、それと入れ違いになる形、つまり結果的に毎月連載と同じことになってしまったのです。しかもそちらはヴィクトリア朝が舞台のシャーロック・ホームズ関係のシリーズだったため、毎回頭を現代↓ヴィクトリア朝↓現代、と切り替えねばならず、本当に大変でした。時々、書いていて「あれっ。これの時代はどっちだっけ」となってしまうほどでした。

元ネタは「唇のねじれた男」。「唇…」のネタは、阿片窟で展開されますが、そのまま薬物中毒にするのも何なので、ここではギャンブル中毒にしてみました。

そうしたら、ドラマのシーズン3では、（メインのネタではありませんが）薬物中毒で使われていました……。


「ジョンと美人サイクリスト」

《ミステリマガジン》二〇一四年七月号掲載。同誌のシャーロック特集第三弾「シャーロック・ホームズ・ワールド」特集号。やはりすぐに売り切れ。ネット書店は、発売前の予約段階で品切れになっていました。そろそろ、特集内容によって雑誌の刷り部数をもう少し柔軟に動かせるようにしましょうよ、早川書房さん……。

元ネタは「謎の自転車乗り」。原作の"The Solitary Cyclist"には、「孤独な自転車乗り」や「あやしい自転車乗り」など複数の邦題が存在するのですが、そのひとつが「美しき自転車乗り」なので、それをもじる形にしてみました。

自転車で走るルートは、Googleマップで出発点と到着点を入力して表示されたものを参考に決めました。正に二十一世紀だなあ、シャーロックもこんな風に検索するんだろうなあ、と思いつつ執筆しました。

また、本作では「ジョン、全裸連盟へ行く」との関連性も、少々盛り込んでみました。コナン・ドイルの原作では、作品同士のつながりが密なのは「最後の事件」と「空家の怪事件」ぐらいです。「語られざる事件」は多いわりに、他の（書かれている）事件への言及はかなり少ないです。とはいえたまにはあるので、本シリーズでも「分かる人には分かる」ようにしてちょこっと関連させてみました。お気づきの方はニヤリとして頂けると思います。

「ジョン、三恐怖館へ行く」

《ミステリマガジン》二〇一四年九月号掲載。特集は「カーと密室」だったのですが、本来七月号のホームズ特集で載るはずだったのに版権取得が間に合わなかった翻訳パスティーシュ二篇や、高殿円さんの『シャーリー・ホームズと緋色の憂鬱』刊行に関する記事も一緒に載っており、ホームズ小特集状態でした。表紙には書かれていませんが、目次や各作品の扉には《注目のホームズ・パスティーシュ》と銘打たれていました。しかもカー特集の中にはジャック・フットレルの思考機械物、単発翻訳でもオースティン・フリーマンのソーンダイク博士物と、ふたつも「シャーロック・ホームズのライヴァルたち」の短篇が載っていました。

元ネタは「三破風館」。シャーロック・ホームズのパロディ&パスティーシュは、やはり『シャーロック・ホームズの冒険』に収録されているような人気作が元ネタになることが多いのですが、ここではあえてマイナーな『シャーロック・ホームズの事件簿』

収録作から材を取りました。

　今回は、色々考えた末に最もミステリらしい作品になってしまいました。作中、トリック及びその解明シーンが出てきますが、これは実際に可能かどうか、自分で実験しております。気分はまるで、実験をしているシャーロックでした。ですから、見事成功した際には、彼のように飛び上がって喜びたくなってしまいました。


「ジョンとまだらの綱」

　書き下ろし。諸事情で短篇集を出す月が決まり、それに間に合わせるには前作のすぐ翌月に書かねばなりませんでした。つまり、他誌の隔月連載作品と、並行して書かねばならなかったのです。交互に書くのですら大変だったのに、ヴィクトリアン作品との同時並行は本当に混乱しました。執筆していて「あ、ここは現代の文明の利器を出していいんだ」なんてこともしばしばでした。

　元ネタは、いわずと知れた「まだらの紐」です。またドラマのシーズン3を観て思いついたネタも入れてあります（シーズン3をご覧になった方は、お気づきでしょう）。「まだら」ネタは、ドラマのシーズン2でさらっと使われているのですが……。

　戯曲「まだらの紐」のネタは、既に「ジョンの推理法修業」で部分的に使ってしまっており「しまった」と思いましたが、後の祭り。それでも結局、人名の一部に戯曲版由来のものがあります。探してみて下さい。

ドラマのファンで「もっと観たい！」という方は多いと思います。そんな方々の飢餓感を、本書で少しでも癒して差し上げることができれば嬉しいです。

《ミステリマガジン》は、『SHERLOCK』を特集すると、あっという間に売り切れるという大人気でした。ですから、書き下ろし分だけでなく『SHERLOCK』特集号掲載分も「やっと読める！」と喜んで頂ける方もいらっしゃるのではないでしょうか。

わたしは十代の頃からシャーロック・ホームズ好き、特にパスティーシュ&パロディ好きでした。そしてやはりその頃から小説を書いていたのですが、青山学院大学推理小説研究会の会誌に初めて発表したのが《21世紀のホームズ》というシリーズの第一作でした。それが一九八一年のことです。……やっていることが、三十年以上変わっていませんね（八〇年代における21世紀ですから、SFミステリでしたが）。

これまでシャーロック・ホームズのパロディ&パスティーシュ集を編んだり、翻訳したりしてきましたが、一冊まるごと自作だけの本はありませんでした。これが、その記念すべき一冊目となりました。

また《ミステリマガジン》《SFマガジン》で原稿は長年書かせて頂いてきましたが、早川書房さんから本を出したことはありませんでした。その意味でも、これが初となりました。実に嬉しいです。
そして本になってみれば、タイトルに〈John & Sherlock Casebook 1〉と付されているではありませんか。……要するに、まだまだ続くことになったわけです。今後とも、よろしくお願い致します。

初出一覧

「ジョンの推理法修業」《ミステリマガジン》二〇一二年九月号掲載
「ジョン、全裸連盟へ行く」《ミステリマガジン》二〇一三年四月号掲載
「ジョンと人生のねじれた女」《ミステリマガジン》二〇一四年五月号掲載
「ジョンと美人サイクリスト」《ミステリマガジン》二〇一四年七月号掲載
「ジョン、三恐怖館へ行く」《ミステリマガジン》二〇一四年九月号掲載
「ジョンとまだらの綱」書き下ろし

1962年東京都生まれ，青山学院大学理工学部物理学科卒，作家・評論家・翻訳家・ホームズ研究家
著書『死美人辻馬車』『首吊少女亭』『シャーロック・ホームズ万華鏡』『ＳＦ奇書コレクション』他

HM=Hayakawa Mystery
SF=Science Fiction
JA=Japanese Author
NV=Novel
NF=Nonfiction
FT=Fantasy

ジョン、全裸《ぜんら》連盟《れんめい》へ行く

John & Sherlock Casebook 1

〈JA1168〉

二〇一四年九月 十 日 印刷
二〇一四年九月十五日 発行
（定価はカバーに表示してあります）

著者 北《きた》原《はら》尚《なお》彦《ひこ》
発行者 早川 浩
印刷者 入澤誠一郎
発行所 株式会社 早川書房
郵便番号 一〇一 - 〇〇四六
東京都千代田区神田多町二ノ二
電話 〇三 - 三二五二 - 三一一一（大代表）
振替 〇〇一六〇 - 三 - 四七七九九
http://www.hayakawa-online.co.jp

乱丁・落丁本は小社制作部宛お送り下さい。
送料小社負担にてお取りかえいたします。

印刷・星野精版印刷株式会社　製本・株式会社明光社

ISBN978-4-15-031168-1 C0193

本書は活字が大きく読みやすい〈トールサイズ〉です。